rowohlt
rotfuchs

Mit Bildern
von Julia Ginsbach

Max Moor

FLO UND DER SCHNÜFFEL-BÜFFEL

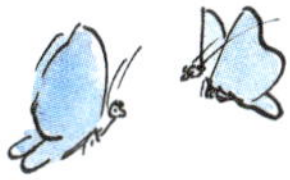

2. Auflage August 2017
Originalausgabe
Veröffentlicht im Rowohlt Taschenbuch Verlag,
Reinbek bei Hamburg, Juli 2017

Lektorat Christiane Steen
Einband- und Innenillustrationen Julia Ginsbach
Einbandgestaltung any.way, Barbara Hanke/Cordula Schmidt
Satz Dolly MT PostScript, InDesign,
bei Pinkuin Satz und Datentechnik, Berlin
Druck und Bindung CPI books GmbH, Leck, Germany
ISBN 978 3 499 21773 9

Dieses Buch ist jenem kleinen neunmalklugen Mädchen gewidmet, das vor über zehn Jahren beschlossen hat, meine Frau, mich und unseren Bauernhof samt allen darauf lebenden Tieren zu adoptieren. Liebe Fanny, wie gut, dass Du in unser Leben gekommen bist, Dich darin einigermaßen breitgemacht und mir gezeigt hast, wie sich die Welt für eigenwillige, kluge, phantasievolle, mutige und starke Mädchen anfühlt. Mit diesem Logenplatz in Deinem Universum hast Du mich überreich beschenkt. Dafür kann ich Dir gar nicht genug danken.

Für immer Dein Fan, Papamax

Hallo, du!

Wie schön, dass du meine Geschichte liest. Oder dir vorlesen lässt, das funktioniert ja auch prima.

Leider weiß ich gar nicht viel über dich. So ist das bei Büchern: In diesem hier wirst du ganz viel über mich erfahren, aber ich nichts über dich. Leider. Ich weiß aber immerhin, dass du jetzt gerade in diesem Moment in meine Geschichte hineintauchst. Was ich super finde! Vielleicht schreibst du irgendwann ja auch mal ein Buch, und dann ist es umgekehrt: Dann lerne ich *dich* und *deine* Geschichte kennen. Das wäre schön.

Aber jetzt ist erst mal meine Geschichte dran. Deine dann, wenn du sie aufgeschrieben hast, gut? Ich möchte dir hier von meinem unglaublichen Abenteuer mit einem kleinen Wasserbüffel erzählen. Unglaublich, weil: Er ist ein sehr spezieller Wasserbüffel, du wirst schon sehen ...

Du wirst erfahren, wie ich ihm das Leben rette und wie wir ganz dicke Freunde werden. Wie er mir gegen die Tussen und Schnösel in meiner Schule beistehen will und wir uns dabei fast verlieren. Und warum ein

Büffel nicht S-Bahn fahren sollte. Außerdem machst du Bekanntschaft mit einem Jungen aus dem Land der Wasserbüffel, der am Anfang Schanti heißt und sich dann einen neuen Namen gibt, mir zuliebe. Und wie wir drei, der Wasserbüffel, der Junge und ich, zu einer Herde werden. Aber halt, ich verrate schon viel zu viel! Besser, ich fange einfach am Anfang an.

Klamotten und Marotten

Ich heiße Flo. Eigentlich Florentine, so steht's in meinem Schülerausweis. Aber ich möchte «Flo» genannt werden, das ist schön kurz und passt irgendwie zu mir, finde ich. In der Schule gibt es ein paar Mädchen, die rufen mich immer «Tine». Genau genommen sind es nicht ein paar, sondern die meisten. Na gut, eigentlich sind es alle. Alle Schüler sagen einfach nur «Tine» zu mir. Das wäre die Kurzform von Florentine, sagen sie. Ich will aber nicht Tine heißen. So werden Gänse oder fette Möpse gerufen. Und alte, weinerliche Tanten mit verkniffenem Mund, die nach Putzmittel riechen. Tine ... geht gar nicht, oder?

Zu Christine – das ist die, die jede Woche eine neue Frisur kriegt, weil ihr Vater Promi-Friseur ist – sagt keiner «Tine», obwohl Tine auch von *ihrem* Namen die Kurzform ist.

Weißt du, was ich glaube? Die rufen mich absichtlich «Tine», weil sie wissen, dass mich das ärgert. Und weil sie es lieben, mich zu ärgern. Dann haben sie ihren Spaß. Und ich ärgere mich über mich, weil ich mich so leicht von denen ärgern lasse. Ich habe einfach noch keinen Trick gefunden, wie ich mich *nicht* ärgern soll.

Mich ärgern zum Beispiel ihre Klamotten. Wie die sich auftakeln mit ihren Marken-Kleidchen und ihren bunten Glitzerklemmen in den Haaren. Als ob sie Prinzessinnen wären, dabei sind ihre Eltern bloß ganz normale Diplomaten oder Geschäftsleute oder Ärzte oder Anwälte, da ist kein einziger König dabei. Ich möchte gar nicht wissen, wie lange deren Normal-Mütter brauchen, um ihnen am Morgen aus ihren Haaren Frisuren zu basteln. Bestimmt stundenlang!

Bei mir würde das nicht funktionieren. Meine Haare kann nämlich keiner frisieren. Es sind einfach zu viele! Und die machen ganz genau das, was sie wollen, und nicht, was die Frisur will. Stehen wild vom Kopf ab, wie es ihnen gerade passt, und irgendwie immer anders. Sie lassen sich einfach nicht zähmen. Da sind meine Haare genau wie ich. Also kann ich das mit dem Frisieren gleich abhaken. Ich nehme meine Haare einfach zusammen und stopfe sie unter den Strohhut, dann ist Ruhe.

Einmal hat die Lehrerin von mir verlangt, ich soll den Strohhut abnehmen, wenn sie unterrichtet. Ich habe ihr gesagt, dass das bei mir nicht funktioniert, wegen der Haare. Sie hat es trotzdem verlangt. Also nahm ich den Hut ab, und WUSCH! gab es eine regelrechte Haar-Explosion, und mein Kopf wurde mindestens hundert Mal größer mit all den Haaren, und die Lehrerin konnte mein

Gesicht fast nicht mehr sehen. Die ganze Klasse hat laut gelacht. Da hat sogar die Lehrerin begriffen, dass das nicht funktioniert, und gesagt, ich soll den Hut wieder aufsetzen.

«Wie Sie wünschen», flötete ich. Ich kann nämlich auch vornehm sprechen, wenn es sein muss, und bei dieser Lehrerin muss es immer sein. Und weil es so schrecklich vornehm klingt, sagte ich noch einmal: «Ganz wie Sie wünschen, Mademoiselle de la Pêche!» Ich habe es perfekt französisch ausgesprochen: «Madmuasell dö la Päsch». Ich kann Französisch, weil die Schule, in die ich gehe, die französische Schule ist. Auch Mademoiselle de la Pêche kommt aus Frankreich. Auf Deutsch heißt Mademoiselle de la Pêche «Fräulein vom Pfirsich». Die Pfirsich will doch wahrhaftig, dass wir sie «Fräulein» nennen. Obwohl sie schon mindestens vierzig ist! Ich finde es komisch, zu einer so alten Frau «Fräulein» zu sagen. Aber bitte, wenn sie's so will, soll sie's so haben, findest du nicht auch? Eben.

Na ja, seither jedenfalls kann ich meinen Strohhut immer aufbehalten, außer im Sportunterricht bei Monsieur Lelac. Da sagt man «Mösiöh Lölack». Das heißt «Herr der See». In seinen Turnstunden binde ich mir die Haare einfach mit einer Schnur hinten zusammen, funktioniert prima und sieht nicht so albern aus wie die lila oder rosa oder leuchtgrünen Haargummis der anderen Mädchen. Finde jedenfalls ich. Die finden natürlich meine schöne Schnur doof, ist mir aber egal.

Nein, stimmt gar nicht; ich will immer ehrlich sein zu dir: In Wahrheit ist es mir *nicht* egal. Es ärgert mich. Und zwar mächtig! So wie es mich ärgert, dass die anderen bei jeder Gelegenheit über meine Klamotten herziehen. Was bitte ist an meinen Kleidern falsch? Zum Beispiel mein Blumenkleid: Josèfine, zu der man «Schoseffien» sagen muss – das ist die mit den dünnen blonden Zöpfchen, in die ihre Mutter immer so bunte Seidenmaschen reinflicht, damit man meint, sie hätte dickere Haare –, also die Josèfine hat mich neulich angesehen und gesagt: «Na, Tine, heute schon das Kleid gedüngt?» Und die anderen lachten sich über diesen doofen Witz fast scheckig. Scheckig wurde aber nur ich, weil ich mich so doll über die Joséfine ärgerte, dass ich richtig spürte, wie ich im Gesicht rote Flecken kriegte. Das passiert mir immer, wenn ich mich ärgere. Und dann ärgerte ich mich noch mehr, weil mir vor Ärger keine gute Antwort einfiel. Dabei hätte ich nur auf ihre dünnen Zöpfchen deuten und sagen müssen: «Dünge du mal lieber deinen Kopf», und dann wäre sie platt gewesen. Ist mir aber leider erst hinterher eingefallen.

Ich finde mein Blumenkleid wunderschön. Ich war total glücklich, als ich es entdeckt habe in der Kinder-Tausch-Zentrale. Dort werden natürlich keine Kin-

der getauscht, sondern Kinderklamotten. Als ich mein Blumenkleid dort gefunden hatte, bin ich nach Hause gelaufen und habe mein hässliches, dunkelblaues Burberry-Kostüm geholt. Ein Weihnachtsgeschenk von Oma, das mir noch nie gefallen hat. Oma hat keine Ahnung von Klamotten. Die guckt nicht, ob es schön ist, sondern nur, was es kostet. Wenn's teuer ist, ist es auch schön, meint sie.

Für das Oma-Kleid bekam ich mein schönes Blumenkleid von der netten Frau in der Kinder-Tausch-Zentrale, und sie hat mir sogar noch drei Blümchenkleider obendrauf gegeben und gesagt, Blumenmuster passen wunderbar zu meinem Strohhut. Genau!

Oder meine Schuhe. Kannst du mir bitte erklären, was an meinen Schuhen schlecht sein soll? Die kann ich das ganze Jahr über tragen, die funktionieren prima, bei jedem Wetter. Und ich muss niemals überlegen: Hmmm, wird es heute wohl nass oder trocken oder heiß oder kalt, werde ich wohl in der Stadt sein oder auf dem Land bei Opa Ludwig? Und womit komm ich dahin, zu Fuß oder per S-Bahn oder auf dem Fahrrad oder wie? So was brauche ich mir gar nicht erst

zu überlegen: Einfach morgens rein in die Schnür-Stiefeletten, abends raus aus den Dingern und fertig, die funktionieren immer und für alles. Außerdem passen meine Schnür-Stiefeletten zu mir. Auch die habe ich ganz alleine in der Kinder-Tausch-Zentrale gefunden. Ich *liebe* meine Schuhe!

Aber die Mädchen in meiner Klasse zeigen mit ihren Fingern darauf, verziehen ihre Gesichter und sagen: «Iiiii-gitt! Wie kann man nur solche Käsemauken anziehen!»

Mein Schulranzen ist noch so ein Thema. Ich hab mir meinen Schulranzen selbst gemacht. Tante Marie-Claire, bei der ich wohne, hat vergessen, mir einen zu besorgen. Also bin ich in ihren Kellerraum und habe die alte Einkaufstasche raufgeholt. Die ist aus total schönem dunkelblauem Leder und herrlich abgenutzt. Da passen Schulsachen ohne Ende rein. Und wenn man mit den Armen durch die Henkel der Tasche schlüpft, kann man sie tragen wie einen Rucksack. Ist aber unbequem, darum habe ich die Henkel später ersetzt, mit alten Auto-Sicherheitsgurten vom Schrottplatz. Einfach drangenietet und fertig. Sieht gut aus und funktioniert prima. Niemand hat so eine perfekte Schultasche wie ich. Ich wäre neidisch,

wenn jemand so eine Schultasche hätte und ich nicht. Aber die aus meiner Klasse natürlich nicht. Die rümpfen die Nase und sagen: «Da kommt die Kuh mit der toten Kuh auf dem Rücken.»

Na ja, jetzt weißt du schon mal einigermaßen Bescheid, mit wem du es in diesem Buch zu tun hast. Hoffentlich legst du es jetzt nicht weg, weil du auch findest, ich sehe komisch aus mit meinen Haaren, dem Schulranzen und den Schnür-Stiefeletten. Und dem Strohhut …

Damit zwischen uns alles klar ist und du dich gleich an mich gewöhnen kannst: hier ein Bild von mir:

Unter Tussen & Schnöseln

Und? Gefällt's dir? So sehe ich jedenfalls aus.
Was das an meinem Handgelenk ist? Ach so, du meinst mein Armband! Schick, was? Hab ich auch selber gemacht. Aus alten Fahrrad-Ventilen. Die hab ich von Achmed gekriegt, das ist der vom Fahrradladen bei uns um die Ecke. Der hatte die übrig, weil sie wohl nicht mehr an die modernen Fahrrad-Räder passen, und dann hat er sie mir glatt geschenkt, weil ich ihm ab und zu in seiner Werkstatt helfe. Achmed ist nett, der findet auch nicht, dass ich doof aussehe, er nimmt mich einfach, wie ich bin. Achmed sagt, er respektiere mich, weil ich technisch begabt sei. Na ja, jedenfalls kann ich schon fast so schnell einen Fahrradreifen wechseln wie er. Und wenn ich bei irgendeiner Reparatur nicht weiß, wie's geht, sagt er immer «kein Problem» und zeigt es mir. Und zack, weiß ich's auch und kann weitermachen. Finde ich super, das mit dem Respektieren.

Davon haben die Mädchen aus meiner Klasse keine

Ahnung. Die würden ja auch niemals einen Fahrradreifen wechseln, die hätten viel zu viel Angst, sie könnten sich dabei ihre Fingernägel ruinieren.

Die Jungs in der Klasse respektieren mich eher als die Mädchen. Oder genauer gesagt: Sie respektieren mich wenigstens nicht *nicht*. Sie lassen mich einfach links liegen.

Links liegengelassen zu werden ist okay für mich, damit komm ich klar. Schließlich will ich ja gar nichts von den Jungs. Es gibt überhaupt nur einen einzigen Jungen in der Klasse, den wirklich alle super finden: Schanti. Die Jungs sehen in ihm so etwas wie ihren Häuptling oder so. Und die Mädchen himmeln ihn an, weil er so gut aussieht. Er ist immer schön braun gebrannt, sogar im

Winter. Schanti kommt aus dem Land, wo die höchsten Berge der Welt stehen, aus Nepal. Er hat ähnliche Haare wie ich, die strubbeln auch immer kreuz und quer in alle Richtungen, aber bei einem Jungen scheint das ja niemanden zu stören. Schanti trägt immer Hochwasserhosen und Ringelhemden. Passt gut zu ihm. Darum braucht er am Morgen genauso wenig nachzudenken wie ich, was er heute anziehen soll, es ist eh immer das Gleiche: Hochwasserhose und Ringelhemd. Er zieht klamottenmäßig ein ähnliches Ding durch wie ich. *Seinen* Stil. Nur dass das bei ihm alle cool finden und bei mir keiner.

Das war nicht immer so. Als Schanti damals neu in die Klasse gekommen ist, da haben sie ihn noch schlimmer auf dem Kieker gehabt als mich und ihn ständig verspottet. Weil er nicht aussieht wie ein Franzose oder ein Deutscher. Sie nannten ihn nur «den Indi». Weil sie nicht kapierten, dass er nicht aus Indien kommt, wo meine Mutter jetzt ist, sondern aus Nepal. Und sie machten sich über ihn lustig, weil er noch nicht richtig Französisch konnte und sein Deutsch ziemlich eigenartig klang. Dabei haben die umgekehrt kein einziges Wort Nepalesisch gekonnt.

Eine Weile hat Schanti ihren fiesen Spott höflich über sich ergehen lassen, aber dann wurde es ihm doch zu viel, und er hat ihnen die richtigen Antworten verpasst. Mit seinen Judo-Tricks. Nachdem einige Jungen von Schanti mal eben ruckzuck zu Boden geschmissen worden sind, wurden die ganz schön still. Und dann wollten plötzlich alle Jungen unbedingt Schantis tolle Judo-Tricks lernen. Sie haben ihn richtig angebettelt, damit er ihnen seine Kampftricks beibrachte. Das hat er dann geduldig getan. Damit war er natürlich der Größte.

Mittlerweile braucht Schanti überhaupt kein Judo mehr. Er ist auch mit seinem Mundwerk ganz schön schlagfertig. Jetzt, wo er fließend Französisch kann und sein Deutsch nur noch ein klitzeklein wenig anders klingt als unseres, ist seine scharfe Zunge seine beste Waffe.

Und die Mädchen? Die finden Schanti inzwischen alle «très charmant», also sehr charmant.

Das Dumme ist: Mir gefällt Schanti auch. Ja, ich geb's zu, bitte schön! Aber ich habe einen guten Grund: Schanti ist nämlich der Einzige, der mich niemals verspottet hat. Dafür mag ich ihn. Aber das erzähle ich nur dir. Außerdem beneide ich Schanti dafür, dass ihm die guten Antworten auf blöde Sprüche immer genau dann einfallen, wenn er sie braucht, und nicht erst, wenn's gar nichts mehr bringt. Es wäre nicht das Schlechteste, Schanti als Freund auf meiner Seite zu haben. Aber er lässt mich genauso links liegen wie all die anderen Jungs. Jedenfalls fast genauso. Seit ich ihm mal bei seinem Fahrrad geholfen habe, die rausgesprungene Kette wieder auf das Ritzel zu kriegen, guckt er mich manchmal so seltsam an. So von der Seite, ein wenig verstohlen. Ich weiß aber nicht, was in seinem Kopf vorgeht, wenn er mich so anschaut.

Und ich guck auch *nicht* zu ihm hin. Jedenfalls nicht absichtlich.

Der letzte Schultag

Wie finde ich *das* denn? Der letzte Schultag vor den großen Sommerferien ist rum, und ich will längst losfahren, raus aufs Land zu Opa Ludwig, bei dem ich praktisch meine ganzen Ferien verbringe. Stattdessen stehe ich noch immer vor der Schule und warte auf Tante Marie-Claire. Und sie kommt und kommt einfach nicht. Wahrscheinlich hat sie mal wieder vergessen, dass sie mich unbedingt abholen wollte. Meinetwegen müsste sie es ja gar nicht. Aber gestern Abend hat sie noch richtig darauf bestanden.

«Nein, *ma chère* Flo», sagte sie – sie verwendet nämlich gern französische Wörter –, «nein, meine liebe Flo, ich will dich unbedingt abholen! Immerhin ist das kein Tag wie jeder andere, da sollst du nicht alleine mit der S-Bahn nach Hause kommen, wie sonst. Es ist ja nicht nur der letzte Tag vor den Sommerferien, sondern du bekommst auch noch dein Zeugnis. Und alle stolzen Eltern holen dann ihre Kinder ab, damit sie ihnen ihre Zeugnisse zeigen können. Also, kein Widerspruch: Morgen wird deine Tante Marie-Claire vor deiner Schule stehen und dich in ihre Arme schließen, stellvertretend für deine arme *Maman.* Ich werde auch eine kleine Überraschung für dich mitbringen, *ma chérie, une petite surprise*, genau wie alle *Papas et Mamans* für ihre kleinen Schätzchen.»

Tja, und nun stehe ich da und darf zuschauen, wie sämtliche Tussen und Schnösel von ihren Eltern in Empfang genommen werden. In Momenten wie diesem vermisse ich meine Mutter. Nicht wie eine wirkliche Person – ich erinnere mich ja kaum noch an sie. Ich war erst vier, als sie nach Indien ging. Nein, ich vermisse sie eher wie die Mutter, die ich mir oft ausdenke. Eine, wie in den Kinder-Bilderbüchern. Die immer lächelt. Und nichts vergisst. Und die das Kind nach der Schule fragt, wie es gewesen sei. Und ihm bei den Hausaufgaben hilft. Und für das Kind kocht, jeden Tag. Und es tröstet, wenn es

traurig ist, und es streichelt, wenn es sich weh getan hat. Die eben all das tut, was die Mütter in meinen Kinderbüchern tun. Und die einen Mann hat, der mein Vater wäre. Der auf mich aufpasst. Und mich gegen die anderen Kinder verteidigt und gegen ungerechte Lehrer. Oder noch besser: Der mir Judo-Tricks beibringt, sodass ich ihn als Verteidiger gar nicht mehr brauche, weil ich dann mit den Tussen und Schnöseln locker selber fertigwerde. Dann brauche ich mich nicht mehr über die anderen Kinder zu ärgern, und mir fallen die guten Antworten auf ihre Gemeinheiten ein, wenn ich sie brauche, und nicht erst hinterher. Dann bin ich genauso cool wie der Schanti, und er lässt mich nicht mehr links liegen. Und darum ich ihn auch nicht mehr.

Na gut. Tante Marie-Claire hat auch ihre Vorteile. Sie vergisst zwar manchmal, dass ich auch noch da bin, dafür hat sie dann aber so ein schlechtes Gewissen, dass sie sich fast nicht mehr einkriegt vor Liebe zu mir. Das sind die Momente, in denen ich von ihr fast alles kriegen könnte. Und es ist ja nicht so schlecht, dass sie fast immer vergisst, dass eigentlich Schlafenszeit ist und ich ins Bett müsste. Oder sie vergisst regelmäßig, Frühstück zu machen. Darum mach ich es mir selber, und das schmeckt dann richtig gut: Schwarzbrot mit ganz viel Käse drauf. Mein liebstes Essen.

Nun könnte sie aber endlich mal auftauchen. Ich komme mir vor wie ein Paket, das nicht abgeholt wird. Alle starren zu mir. Da, schon wieder. Ausgerechnet Joséfine. Steht da drüben unter der Linde mit ihren Eltern, und alle gucken zu mir. Bestimmt reden die über mich, das merke ich genau. Die Mutter beugt sich zu Joséfine und fragt sie etwas. Jetzt deutet sie mit ihrem rot lackierten Zeigefinger auf mich. Joséfine schüttelt lachend ihre dünnen Zöpfchen. Jetzt schaut auch ihr Vater zu mir. Der will doch nicht etwa herkommen, oder? Zum Glück packt ihn Joséfines Mutter am Ärmel, damit er stehen bleibt. Er zuckt mit den Schultern und dreht sich wieder von mir weg. Endlich verschwinden die drei. Aber Joséfine wendet sich noch einmal zu mir um und zeigt mir die lange Nase. Na warte, Joséfine-Klimbim , komm du mir nach den Ferien wieder unter die Augen ...

Schanti

Chantille – das ist die, zu der man «Schantiiö» sagen muss und die schon hohe Absätze trägt – kommt aus dem Schulhaus gestöckelt und stellt sich genau vor mich hin.

«Na, Tine-Trine, jetzt stehst du da mit deinem Streberzeugnis, und keiner will es sehen, was? Arme Tine, hat keinen Papa und keine Mama, oh wie schlimm.» Mit zuckersüßer Stimme heuchelt sie Mitleid. «Hat dich die böse Tante wieder mal vergessen? Wie furchtbar. Dabei kann man sie eigentlich verstehen, denn so jemanden wie dich muss man ja einfach vergessen, weißt du, das ist ganz normaler Selbstschutz.»

Sie lacht laut heraus und schaut sich um, ob da vielleicht irgendwelche Zuschauer sind, vor denen sie angeben kann. Aber da ist kein Publikum. Nur Schanti kommt durch die Tür geschlurft und lässt uns wie immer links liegen.

Ich dreh mich schnell weg, damit Schanti die roten Ärger-Flecken in meinem Gesicht nicht sieht.

«Stimmst du mir nicht zu, Schanti?», trällert Chantille. «Tine-Trine kann man wirklich vergessen, das siehst du doch auch so? Ich hab's ihr gerade erklärt, aber sie will's einfach nicht wahrhaben. Na, ich muss jetzt jedenfalls los, denn *mein* Vater und *meine* Mutter warten schon auf mich – da drüben, das schicke Paar im silbernen Mercedes S-Klasse ... Ich wünsche dir wundervolle Ferien, lieber Schanti. Und dir auch, Tinchen-Trinchen, bestimmt freust du dich auf die Provinz und deinen komischen Opa.»

Endlich dreht sie ab und läuft Richtung Parkplatz.

Gerade noch rechtzeitig, denn der Schulhof verschwimmt vor meinen Augen, weil mir die Tränen kommen. Ich will es nicht, und schon gar nicht will ich, dass Schanti mir beim Heulen auch noch zusieht. Nicht ausgerechnet er. Schnell setze ich mich auf den Treppenabsatz und tu so, als müsste ich an meinen Stiefeln die Knoten neu binden. Was völliger Quatsch ist, meine Spezial-Flo-Patent-Doppel-Knoten halten bombensicher den ganzen Tag. Dann ziehe ich ein paar Mal hoch, atme tief durch und stehe wieder auf.

Schanti ist weg. Puh, was ein Glück!

«Ich warte mit dir zusammen auf deine Tante», höre ich Schantis Stimme.

Wo zum Teufel … Ach, da unten. Schanti hat sich auch auf die Stufen gesetzt, genau neben mich. Während ich heulte und schniefte. Wie peinlich.

«Musst du nicht», sage ich trotzig. «Ich komm ohne dich klar.»

«Weiß ich doch. Ich warte trotzdem», sagt er und schaut gedankenverloren über den jetzt leeren Schulhof. Der hat vielleicht Nerven, der Typ!

Ich weiß nicht, was ich tun soll. Einfach weggehen kann ich nicht, weil Tante Marie-Claire vielleicht doch noch kommt. Und neben Schanti rumstehen mag ich nicht. Also hocke ich mich neben ihn. Und sehe ebenfalls gedankenverloren über den Schulhof …

«Alles klar mit deinem Rad?», frage ich, weil ich das Stillsein nicht aushalte.

«Nicht wirklich», sagt Schanti, «die Kette springt immer wieder vom ... wie heißt das Ding noch mal?»

«Ritzel.»

«Genau, vom Ritzel, da springt die immer wieder runter. Aber jetzt weiß ich ja, wie man sie wieder draufkriegt. Hast du mir ja gezeigt.»

«Na, das schau ich mir besser noch mal genauer an. Hast du 'nen Inbusschlüssel dabei?»

«Inbus ...? Keine Ahnung, aber da ist so ein Werkzeugtäschchen unter dem Sattel.»

«Dann hol's mal her, dein Rad», fordere ich ihn auf, «das erledigen wir am besten gleich.» Ich bin froh, dass es etwas zu tun gibt und wir nicht mehr so komisch nebeneinandersitzen und ich nicht weiß, was ich sagen soll. Ich bin nicht so gut darin, über das Wetter zu reden oder so was.

Schanti springt auf, und kurz darauf ist er mit seinem Rad auch schon wieder zurück. Er bremst heftig ab, das Hinterrad schlittert genau vor meine Füße, Schanti springt ab und legt das Rad flach auf den Boden. Alles in einer einzigen Bewegung.

«Na, dann wollen wir mal», sage ich und hole das Werkzeug aus dem Satteltäschchen. Und in nicht mal drei Minuten hab ich mit dem Inbus das Spann-Zahnrad zwischen Pedal-Kranz und Ritzel gelöst, straff gezogen und wieder fixiert. Achmed wäre stolz auf mich. Ich auch – dir gegenüber kann ich's ja zugeben.

«So, das müsste jetzt wieder prima funktionieren», verkünde ich.

«Klasse, Flo, vielen Dank!» Schanti schaut mir mitten in die Augen. «Und ärgere dich nicht zu sehr über Chantille. So viele Gefühle hat die gar nicht verdient.»

«Ach, das ... damit komm ich klar, kein Problem», lüge ich tapfer.

«Also ich nicht.» Schanti grinst. Er hat total gerafft, dass ich in Wahrheit überhaupt nicht klarkomm damit. Mist! «Ich glaube, ich muss mir einen neuen Namen zulegen. ‹Schanti› klingt mir zu sehr nach Chantille. Ich nenne mich ab jetzt lieber ähnlich wie Flo. *Po* klingt doch nett, oder?»

«Du kannst dich doch nicht *Po* nennen!» Ich muss lachen. «So sagt man bei uns zu Hintern.»

«Hm», sagt Schanti und schwingt sich aufs Rad.

«Ich hab's», sagt er dann. «Ich nenn mich Ren.»

«Ren?», frage ich verblüfft.

«Das ist in Florentine drin. Zwischen Flo und Tine liegt … Ren!»

«Echt jetzt? Du willst dich Ren nennen, nur um mich zu trösten?», frage ich verblüfft. «Damit das klar ist: Ich brauch keinen Trost, ich komm klar damit!»

«Klaaar», antwortet Schanti gedehnt und sieht mich so seltsam von der Seite an, als hätte ich behauptet, ich sei Super-Girl. «Klaar, du kommst klar. Hier geht's nicht ums Trösten, sondern darum, dass mir *Ren* gefällt.»

«Dann werden sie dich eben *Rentier* nennen, selber schuld!» Ich weiß auch nicht, warum ich grade so trotzig bin, wo ich mich doch total freue, dass Schanti sich einen Namen geben will, der nicht nach Chantille klingt. Sondern nach mir.

«Was ist falsch an einem Rentier?», fragt Schanti, worauf mir natürlich wieder mal nichts Knallermäßiges einfällt.

Er tritt in die Pedale. Die Kette hält tadellos.

Er ist noch keine zehn Meter weit, da bremst er ab, dreht sich zu mir zurück und ruft: «Schöne Ferien auf dem Land, Flo, und Grüße an deinen Opa von deinem Freund Ren!» Und damit braust er wirklich davon.

Von deinem Freund Ren, hat er das wirklich gerade gesagt? Bildet der sich ein, er muss das nur sagen, und dann ist es so? Habe ich da vielleicht auch ein Wörtchen mitzureden? Und warum klopft mein Herz plötzlich wie ein Schlagzeug?

Jetzt erst fällt mir auf: Keiner hat Schanti ... äh, Ren abgeholt. Kein Papa, keine Mama, niemand. Nicht mal eine Tante. Ich bin nicht die Einzige.

Bei den Wasserbüffeln

Ich hab's geschafft. Endlich stehe ich nicht mehr auf dem leeren Schulhof, sondern auf einer vollen Wiese. Voll mit Wasserbüffeln. Das glaubst du jetzt nicht, oder? Weil du glaubst, Wasserbüffel gibt es nur in den Gegenden, wo Ren herkommt. Falsch! Die gibt es auch bei uns.

Bei uns, das ist bei Opa Ludwig und mir. Hier auf dem Land habe ich nämlich mein zweites Zuhause. Mein «Ohne-Schule-Zuhause». Und ohne Tante Marie-Claire. Alle Schulferien und fast alle Wochenenden verbringe ich hier. Funktioniert prima.

Opa Ludwig ist klasse. Er sieht lustig aus, finde ich, und immer anders, je nach Wind: weil er nicht mehr viele Haare auf seinem Kopf hat und die wenigen ganz dünn sind. Sie fliegen dauernd in alle Windrichtungen. Ludwig war früher Ingenieur und ist bis

zum Ende der Welt gereist. Er hat Brücken und Fernsehtürme in Afrika, in China, in Amerika und sogar in Indien gebaut. Ludwig ist überzeugt, dass in mir auch eine große Ingenieurin schlummert. Mein technisches Verständnis, sagt er, hätte ich bestimmt von ihm geerbt. Aber das kann nicht sein, denn Ludwig ist gar nicht mein richtiger Opa. Weil er nicht der Vater meiner Mutter ist. Aber er kennt sie. In Indien sind sie einander vor ein paar Jahren begegnet. Meine Mutter hat ihn damals gebeten, ein wenig auf mich aufzupassen, wenn er wieder zu Hause ist.

Vielleicht möchtest du langsam mal wissen, wo meine Mutter eigentlich steckt? Ich erzähle es dir: Meine Mutter ist nach Indien gereist, als ich noch ganz klein war. Leider ohne mich. Mich hat sie bei ihrer Schwester, Tante Marie-Claire, deponiert, während sie bei so einem Yogi in einem Dorf namens Ashram gewohnt hat. Und später konnte sie auch nicht zu mir zurück, weil sie Heilerin werden wollte. Und als sie endlich Heilerin war, konnte sie immer noch nicht nach Hause kommen, weil sie jetzt auf einen Mann aufpassen musste, der Schlangen-Beschwörer-Flöten schnitzte. Darum habe ich meine Mutter nie mehr wiedergesehen und wohne seitdem bei Tante Marie-Claire in der Stadt.

Das habe ich alles von Opa Ludwig erfahren. Und der weiß es ganz genau, weil er eben meine Mutter getroffen hat, in Indien. Er brauchte damals eine Heilerin, weil er sehr traurig war darüber, dass seine Frau gestorben ist. Und meine Mutter hat ihn geheilt, und so sind sie gute Freunde geworden. Bevor er wieder nach Hause fuhr, gab ihm meine Mutter die Adresse von meiner Tante Marie-Claire. Und Ludwig versprach meiner Mutter, mich bei Marie-Claire zu besuchen und in Zukunft ein bisschen auf mich aufzupassen. Dieses Versprechen hat er wirklich gehalten, und seither ist Ludwig für mich wie ein Opa. Ich nenne ihn immer Opaludwig, das klingt wie ein eigener Name.

So, nun weißt du Bescheid!

Bitte ziehe jetzt nicht ungläubig die Augenbrauen hoch wegen der Geschichte mit meiner Mutter. Da bin ich nämlich empfindlich, wenn jemand mir nicht glaubt. Als ich die Geschichte meiner Mutter in der Schule erzählt habe, hat mir kein Mensch geglaubt. Die haben einfach behauptet, ich hätte das alles nur erfunden. Und mit einer Lügnerin, haben sie gesagt, wollen sie nichts zu tun haben. Also habe ich ihnen nichts mehr erzählt. Niemandem.

Aber du denkst bitte nicht, ich würde lügen, ja? Sonst kann ich unmöglich weitererzählen … Schwöre!

Gut. Danke …

Jetzt schau dir diese Wasserbüffel an, wie sie alle um mich rumstehen und mich mit ihren großen Büffelnasen abschnüffeln, neugierig, wie sie sind. Richtige Neugier-Nasen. Und wie sanft sie mich anstupsen. Wenn sie mich mit ihren schönen dunklen Augen ansehen, krieg ich total friedliche Gefühle.

Die Büffel vertrauen mir, und ich vertraue ihnen. Ich kann ihnen einfach alles erzählen. Noch nie haben sie mich ausgelacht, und noch nie haben sie mir nicht geglaubt. Manchmal, während ich mit ihnen rede und schmuse, werfen sie sich plötzlich vor mir auf den Boden und wollen auch am Bauch gestreichelt werden. Das kannte ich vorher nur von Hunden. Als sich ein Büffel zum ersten Mal vor mich hingeworfen hat, war ich total geschockt. Ich dachte, jetzt hätte ich ihn zu Tode ge-

streichelt. Aber Bauer Werner, dem die Büffel gehören, der hat mir später erklärt, dass es ein großer Vertrauensbeweis von einem Büffel ist, wenn er sich hinlegt und auch an seiner Unterseite gestreichelt werden möchte. Seither schmuse ich noch lieber mit ihnen. Dass so große Tiere mir kleinem Mädchen einen Vertrauensbeweis schenken, das ist schon was. Finde ich jedenfalls.

Gerade kann ich mich wieder gar nicht von ihnen losreißen. Lass uns noch ein wenig auf der Büffelweide bleiben, ja? Ich will hier erst mal zur Ruhe kommen, nach dem ganzen Stress heute. Außerdem muss ich dir noch erzählen, was auf dem Schulhof los war, nachdem Schanti davongeradelt ist, das weißt du ja noch gar nicht!

Also: Tante Marie-Claire hatte tatsächlich total vergessen, dass ich auf sie warte. Statt zur Schule zu kommen, hat sie seelenruhig eine Reisegruppe durch die Innenstadt geführt. Damit verdient sie manchmal ihr Geld, wenn sie als Übersetzerin gerade keinen Auftrag hat. Sie kann Englisch, Italienisch und Deutsch. Am liebsten aber spricht sie «die schönste Sprache der Welt», wie sie immer sagt: Französisch. Sie kann stundenlang über alte Häuser reden, davon weiß sie unheimlich viel. Wenn man mit Tante Marie-Claire vor einem alten Haus steht und sie richtig in Fahrt ist, braucht man eine ganze Menge Ausdauer.

Aber mitten in ihrer Besichtigungstour fiel Marie-Claire plötzlich wieder ein, dass ich ja vor der Schule stehe und warte! Im Rekord-Tempo verabschiedete sie sich von den Touristen und raste per Taxi zur Schule. Noch bevor der Wagen richtig zum Stehen gekommen war, riss sie die Beifahrertür auf und sprang heraus wie eine Superheldin im Einsatz. Um ihre wirbelnden Beine flatterte ihr dunkelblaues Kleid mit den weißen Punkten.

«Was machst du denn schon hier?», rief sie mir zu. «Offenbar bin ich zu früh, und die anderen Kinder sind alle noch drinnen! Warum bist du denn als Einzige schon draußen?»

Typisch Tante Marie-Claire! Immer wenn sie vergessen hat, dass es mich auch noch gibt, versucht sie so zu tun, als hätte sie *nichts* vergessen und alles bestens erledigt. Aber darauf falle ich schon ewig lange nicht mehr rein. Ich schaute sie nur mit extratraurigen Augen an und sagte: «Aber Tante Marie-Claire ...», und schon brach sie zusammen. Sie entschuldigte sich, küsste mich, dass ich kaum noch Luft bekam, und dann lobte sie mein Zeugnis über den grünen Klee. Das wurde aber auch mal Zeit.

Taxi ins Glück

Tante Marie-Claire zerrte mich mit zum Taxi, schubste mich energisch hinten hinein, setzte sich wieder neben den Fahrer, rumste auch ihre Tür zu und verkündete, dass sie mich jetzt sofort persönlich zu Opaludwig bringen würde, und zwar per Taxi! Schon sagte sie dem Fahrer Opaludwigs Adresse, er legte den Gang ein und brauste los.

«Aber Tante Marie-Claire, das ist doch nicht nötig», versuchte ich zu widersprechen. «Wenn Opaludwig mich am Bahnhof abholt, bin ich mit der S-Bahn viel schneller bei ihm als mit deinem Taxi.»

«*Ridicule*, lächerlich!», winkte sie ab. «Das kommt überhaupt nicht in Frage, *absolument pas*. An diesem besonderen Tag werden wir uns ja wohl noch ein Taxi leisten können, *alors*!»

Können wir uns eben genau *nicht* leisten, dieses Taxi. Für die lange Strecke zu Opaludwig schon mal gar nicht. Aber Marie-Claire leistet sich immer wieder mal Dinge, die wir uns nicht leisten können. Danach gibt es dann immer eine Weile lang nur Käsebrot. Zum Frühstück, zum Mittagessen und zu Abend. Aber damit komm ich klar. Sogar bestens, wenn ich's mir recht überlege.

«Wirklich, Tante Marie-Claire, du brauchst mich da nicht hinzubringen. Ich bin doch schon tausendmal alleine zu Opalu ...»

«Willst du mich etwa nicht dabeihaben? Ich habe doch wohl auch das Recht, Ludwig zu sehen und ein bisschen mit ihm zu plaudern, *ou pas* oder nicht?»

«Aber deine Allergie! Du kriegst doch bei Opaludwig immer deine Allergie!», versuchte ich ihr die Idee mit der teuren Taxifahrt doch noch auszureden.

«Welche Allergie?», fragte Tante Marie-Claire, als ob ihr völlig neu wäre, dass sie so was hat.

«Zum Beispiel deine Pollenallergie», klärte ich sie auf.

«Ach *die*! Nun, es ist Sommer, es gibt keine Pollen mehr!»

«Aber das Gras blüht gerade und staubt Tonnen von Pollen in die Luft.»

«Darüber müsste ich mir doch nur Gedanken machen, wenn ich Heuschnupfen hätte.»

«Den *hast* du, Tante Marie-Claire.»

«Früher vielleicht. Jetzt bestimmt nicht mehr.»

«Und deine Tierhaar-Allergie?», hakte ich nach. «Bei Opaludwig gibt es Hunde und Katzen und Wasserbüffel und bestimmt auch Mäuse. Gegen all diese Tierhaare bist du allergisch, Tante Marie-Claire.»

«Ich muss ja nicht partout ins Haus», meinte meine

Tante. «Und auf die Kuhweide will ich sowieso nicht. Ich werde es mir in Ludwigs Garten schön gemütlich machen und Ingwer-Tee trinken. Ach, das wird wundervoll. Gemütlich im Garten beim Tee mit Ludwig!»

Ich hatte keine Lust mehr, die Spielverderberin zu sein. Wenn sie es so wollte, sollte sie es so haben, findest du nicht auch? Ich kuschelte mich bequem in die Taxi-Rückbank und sah zu, wie hinter den Autoscheiben die Häuser langsam kleiner wurden. Hochhäuser wurden abgelöst von Wohnblöcken, die wiederum von Einfamilienhäusern, dann von Bauernhäusern, und schließlich verschwanden auch die, bis nur noch wunderschöne, grüne Landschaft zu sehen war.

Die Ferien hatten begonnen. Endlich!

Die Flucht

Opaludwig öffnete die Taxitür, zog mich von der Rückbank, drückte mich an sich und kitzelte meine Wangen mit seinem Einstein-Schnauzbart. Ich glaube, er freute sich wirklich doll, dass ich da war. Dann bezahlte er das Taxi. «Nein, keine Widerrede», sagte er auf Marie-Claires Protest, umarmte sie fast so stürmisch wie mich und drückte ihr lachend zwei Begrüßungsküsse auf die Wangen.

Aber dann brach sein Gelächter so plötzlich ab, als ob jemand einen Abschaltknopf gedrückt hätte.

«Mein Gott ... Marie-Claire», stotterte er, «du hast da ja so komische ... Dinger im Gesicht.»

«Hmmm ...?», machte Marie-Claire und kratzte sich an der Stirn. Dann an der Wange. Und dann mit beiden Händen am Hals.

Jetzt sah ich's auch: Auf der Haut meiner Tante bildeten sich rasend schnell rote Flecken, Dutzende, Hunderte! Viel schlimmer als meine schlimmsten Ärger-Flecken.

«Ludwig, ich glaube, ich ...», knarzte Marie-Claire

wie ein kaputter Lautsprecher, «ich bin gegen dich allergisch, fürchte ich …»

«Na ja …», Opaludwig stand wie ein Häuflein Elend vor ihr, «ich habe vorhin den Günther gebürstet, aber ich wusste ja nicht …»

«Wer ist Günther?», presste Marie-Claire hervor, während sie sich an die Kehle fasste.

«Na, du kennst doch Günther, meinen Hund. Den hab ich eben kräftig durchgebürstet …»

Tante Marie-Claire starrte ihn an wie einen Zombie. Dann schrie sie: «Ich muss hier weg! Sofort!»

Hinter ihr fuhr gerade das Taxi vorbei, das auf dem Kirchplatz gewendet hatte, um wieder Richtung Stadt zu fahren. «Stooopp!!», kreischte Tante Marie-Claire und lief dem Taxi hinterher.

Zum Glück bemerkte sie der Taxifahrer im Rückspiegel und hielt an. Meine Tante sprang in den Wagen, zerrte die Tür zu, und das Fahrzeug schoss los. Erst dann riskierte es Marie-Claire, die Scheibe ein Stück runterzulassen, ihre Hand rauszustrecken und kurz zu winken. Opaludwig und ich konnten nichts anderes mehr tun als zurückzuwinken.

Nachdem Günther und ich durchs ganze Haus gehüpft und getanzt waren und ich ihn ausgiebig gestreichelt hatte, verstaute ich meine Schultasche ganz unten im Kleiderschank meines gemütlichen kleinen Zimmers. Da darf sie jetzt neun Wochen lang ruhen und sich endlich erholen, die tapfere alte Tasche.

Opaludwig hat die «Flo-Stube», wie er mein Zimmer nennt, extra für mich eingerichtet.

Über dem Bett hab ich ein Bild aufgehängt. Es hat einen Goldrahmen aus unechtem Gold. Den habe ich auf dem Flohmarkt entdeckt. Das Foto in dem schönen Rahmen hat bis jetzt noch keiner gesehen. Nur Opaludwig und ich. Und jetzt du:

Das bin ich als Baby. Ich liege gemütlich auf dem Arm einer sehr schönen Frau mit wilden, dunklen Haaren. Mit der einen Hand stützt sie meinen Kopf, die andere legt sie sanft auf meinen Bauch. Die Augen der Frau sind weit offen. Strahlend lacht sie in die Kamera, sie ist glücklich. Das ist meine Mama.

Büffeldrama im Busch

Na, jetzt wird es aber langsam eng hier, diese Wasserbüffel werden ja echt zudringlich.

«Jetzt kriegt jeder von euch noch einen kurzen Streichler über die feuchte Nase, und dann ist aber gut», sage ich bestimmt.

Ich quetsche mich zwischen ihren mächtigen, warmen Leibern aus dem Gedränge. Ein paar Büffel versuchen mir zu folgen, aber sie erkennen an den schnellen Schritten, mit denen ich von ihnen weggehe, dass die Schmusestunde jetzt vorbei ist. In Sachen Körpersprache sind die echt clever, die Büffel.

Ich wandere quer über die riesige Weide, am Wasserloch vorbei, in dem sich die Büffel bei warmem Wetter abkühlen können, Richtung Wäldchen. Da befindet sich der Ausgang von der Weide: zwei in die Erde gerammte dicke Holzpfähle, zwischen denen waagerecht drei Gummiseile gespannt sind. Die sind mit feinen Metalldrähten verwoben, sodass sie den Strom so gut leiten wie der elektrische Zaun-Draht. An einem Ende münden die Gummiseile in Plastikgriffe, mit denen lassen sie sich aushängen, ohne dass man einen Stromschlag bekommt.

Nachdem ich die Weide verlassen habe, hake ich sie sorgfältig wieder an den Pfosten ein. Das ist ganz wichtig. Die größte Angst von Bauer Werner ist nämlich, dass jemand die Weide offen lassen könnte und sich seine wertvollen Tiere wer weiß wohin auf Wanderschaft begeben. Obwohl reichlich Futter auf der Weide steht, sind die Wasserbüffel immer ganz scharf darauf herauszufinden, ob das Gras hinter dem Zaun nicht doch besser schmeckt.

Im dunklen Schatten des Buschwerks am Waldrand hätte ich es fast übersehen. Da liegt doch was ... dort, fast verdeckt unter dem Gestrüpp. Kleine Hüflein, dunkelbraunes Fell, ein Schwänzchen mit weißer Spitze.

Aber das kann doch nicht wahr sein ... da liegt ... ein Wasserbüffel-Baby! Was macht *das* denn hier, ganz alleine? Wo ist seine Mutter?

Ich spüre, wie mein Herz wie wild losgaloppiert. Langsam nähere ich mich dem kleinen Tier. Vorsichtig, ich will es auf keinen Fall erschrecken.

Nun steh ich bei ihm. Mit großen Augen beuge ich mich zu ihm herab ... ist es vielleicht tot?

«Bitte nicht», flehe ich innerlich, «bitte nur das nicht, bitte nicht tot sein, liebes Büffelchen ... ich kann so was wirklich nicht vertragen.»

Ich brauche Hilfe, ganz dringend. Ich schaue um mich, sehe aber nur die leere Wiese, den Weg, den Dachgiebel von Bauer Werners Hof da drüben und weit weg, am Ende des Weges, Opaludwigs Haus und seinen Garten. Kein Bauer Werner weit und breit, kein Opaludwig weit und breit, niemand, der meine Hilferufe hören würde ...

Ich bin allein. Mit einem toten Wasserbüffel-Baby. Ratlos wende ich mich ihm wieder zu. Ich kann fast nicht hingucken, der Anblick ist einfach zu traurig. Das arme, arme Kleine! Kaum auf der Welt, schon wieder weg! Die totale Gemeinheit ist das. Warum, warum nur musste das passieren? Mist. Mistmistmist!!

Nach ein paar Minuten wird mein schwirrender Kopf wieder etwas klarer. «Ruhig, Flo, bleib gaaaanz ruhig», befehle ich mir.

Ich geh in die Hocke, strecke vorsichtig meine Hand aus, berühre sanft das schwarze Fell. Es ist nass und glitschig. Warum hat es seine Mutter nach der Geburt nicht trocken geleckt, wie es sich gehört, die blöde Kuh ... besser gesagt die blöde Büffelin? Oder war das Kleine womöglich bereits tot, als es zur Welt kam?

Vorsichtig lasse ich meine Hand den Rücken des Tieres hinaufgleiten, taste mich unter dem Grünzeug der Busches voran, spüre die zarten Schulterblätter des Tierchens, seinen Hals, die Stirn ...

«Möööö!», klingt es unter dem Busch hervor.

Ich zucke vor Schreck zurück, als hätte mich ein elektrischer Schlag vom Zaun erwischt, und falle direkt auf meinen Hintern. Das Kalb lebt ja noch!

Ich krabbele schnell zu ihm und ducke mich mit dem Gesicht unter den Busch. Die Zweige schieben mir den Strohhut vom Kopf, egal. Ich krieche weiter und sehe zwei angstvoll aufgerissene Augen, die mich anstarren. Ich streichle das Tierchen beruhigend mit beiden Händen, massiere mit allen zehn Fingern durchs Fell.

«Alles gut, Kleines, alles gut», murmle ich und versuche, dabei die tiefste und ruhigste Stimme zu machen, die ich habe, «du musst vor mir doch keine Angst haben. Ich bin's nur, Flo. Ich hol Hilfe, Opaludwig und ich retten dich, alles wird gut, wirst schon sehen.»

Als ob das Kälbchen mich verstanden hätte, kommt Leben in seinen kleinen Körper. Es hebt den Kopf, zieht die hinteren Beinchen unter seinen Leib, stemmt den Po in die Höhe, versucht dann, auch seine vordere Körperhälfte hochzuwuchten …, schafft es aber nicht. Es macht eine Pause. Gut so, es sammelt Kraft. Jetzt ein neuer Versuch! Mit aller Gewalt stemmt es eins der vorderen Hüflein in den Boden, ruckt mit dem Kopf nach oben, einmal, zweimal, dreimal und … steht!

Bravo!

Das Büffelkälbchen stakst auf dünnen, unsicheren Beinchen zwei Schritte nach links, dann drei Schritte nach rechts, als ob es etwas suchen würde. Vielleicht seine Mutter?

Jetzt schaut es mit einem so elenden Blick zu mir, dass

mein Herz fast zerreißt. Taumelnd versucht es, in meine Richtung zu steuern, doch plötzlich klappen die Beinchen unter ihm zusammen. Es stürzt hilflos ins Gras, wie eine Marionette, der die Fäden durchgeschnitten worden sind.

Die heldenhafte Anstrengung des Kälbchens hat es völlig erschöpft. Es ist total am Ende – seine Flanken pumpen in schnellem Rhythmus, dann sinkt sein Köpfchen ganz langsam zu Boden, bis es flach auf der Erde liegt. Das kleine tapfere Tier gibt einfach auf. Sein Blick ruht still auf mir. Ich halte den Atem an. Jetzt schieben sich die Augenlider mit den schönen, langen Wimpern langsam, ganz langsam über die Augen, und unsere Verbindung bricht ab. Ende.

«Neeeeeiin!» Der Schrei bricht aus mir heraus, bahnt sich den Weg durch meine Kehle bis hinauf zum Abendhimmel, als wollte er der kleinen Wasserbüffel-Seele hinterherfliegen. Ein Schrei, der nicht aufhört, der dauert und dauert und dauert, bis der kleinste Atem-Rest aus meinen Lungen gepresst ist. Mit einem seltsam kreischenden Ton füllt sich mein Brustkorb wieder mit Luft, und abermals schreit es aus mir heraus.

Plötzlich durchströmt mich die blanke Wut. Auf das Schicksal des Wasserbüffel-Babys, auf seine Mutter, die einfach weggegangen ist, auf Opaludwig und Bauer Werner, die nicht da sind, wenn man sie mal braucht. Und aus meiner Wut wächst Entschlossenheit. Ich werde mich nicht abfinden, so wie das Kälbchen, ich werde nicht einfach den Kopf sinken lassen und die Augen schließen, ich nicht, nicht Flo! Vielleicht ist es nicht zu spät, vielleicht hat das Wasserbüffelchen noch eine Chance.

«Hoch mit dir, Flo, reiß dich zusammen», befehle ich mir, «mach schon, tu was!»

Und dann renne ich, wie ich noch nie gerannt bin, den ganzen Weg entlang zu Opaludwigs Haus.

Die einzige Chance

Jetzt steht Opaludwig mit seinem Handy am Ohr neben dem Kalb, das wir gemeinsam unter dem Gebüsch hervorgezogen haben.

Lange bevor ich seinen Garten erreicht hatte, kam er mir schon entgegengelaufen, weil er meinen Schrei gehört hatte und dachte, dass mir etwas Furchtbares zugestoßen wäre.

«Was ist?», schrie er mir von weitem entgegen. «Was ist denn passiert?»

Erst konnte ich gar nicht antworten, so sehr war ich mit Laufen beschäftigt. Erst nachdem wir uns in die Arme gefallen sind, keuchte ich:

«Ich hab ein totes Kalb gefunden, aber es lebt doch noch, und jetzt ist es vielleicht wieder gestorben! Wir müssen ihm helfen, bitte, schnell!»

Opaludwig kapierte erst mal gar nichts, also packte ich ihn einfach an der Hand und zerrte ihn den Weg entlang, bis zum Busch mit dem Kalb.

Nun steht er also neben mir und dem tatsächlich noch lebendigen Wasserbüffel-Baby, das aber ganz schwach ist. Ergeben liegt es auf dem Weg und rührt sich nicht. Nur wenn man mit den Ohren ganz nah an seine kleine Nase ranrückt, hört man ein leises *Fffff* und spürt einen winzigen Luftzug an der Wange. Dann viele Sekunden nichts, bis zum nächsten leisen *Fffff*.

«Aber du musst wirklich dringend herkommen, Werner, ich ...» Opaludwig spricht über mir ins Telefon. «Aber ich weiß doch gar nicht ... hör mal, es sind schließlich deine Wasserbüffel ... wart mal, ich stell dich laut, damit Flo dich auch hören kann.»

Opaludwig fummelt an der Tastatur herum, schimpft leise vor sich hin, und schließlich hat er es geschafft.

Bauer Werners Stimme quäkt aus dem Handy. «... würde ja gerne kommen, aber Mensch, ich sitz an der Nordsee, bis ich bei euch bin, ist es eh alles zu spät, ihr müsst das ohne mich ... Ludwig, wenn ich meine Lotte jetzt alleine hierlasse, mit ihrem Kurschatten, diesem gelackten Stadt-Heini, dann kann ich meine Ehe abhaken, und das will ich nicht ... äh, bin ich schon laut? – Hallo, Flo, danke, dass du das Kalb gefunden hast.»

Ich stehe auf, damit ich näher bei Ludwigs Handy bin. «Hallo, Werner, das ist so furchtbar! Warum ist denn die Mutter einfach weggegangen von ihrem Kalb? Und wie können wir sie finden? Ich weiß ja nicht, welche der Büffelinnen es ist.»

«Nee, nee», unterbricht Bauer Werner, «die Mutter zu finden ist sinnlos, die will von dem Kalb nichts mehr wissen.»

«So eine blöde Kuh!», entfährt es mir.

Bauer Werner räuspert sich. «Also, jetzt haltet mal den Mund, ihr beiden, und hört mir zu, ja?»

Wie befohlen sind Ludwig und ich still.

«Gut», quäkt das Handy. «Also, die Büffelin hat ihr Kleines vermutlich im Wäldchen neben dem Zaun zur Welt gebracht, und dabei muss das Kalb irgendwie unter dem Zaun durchgerollt sein. Und sie konnte nicht mehr zu ihm. Normalerweise lecken die Mütter an ihren Neugeborenen herum, bis sie aufstehen und das Euter suchen. Und mit dem Säugen entsteht erst die Mutter-Kalb-Beziehung. Wenn das nicht stattfindet, weil der blöde Zaun dazwischenliegt, geht die Kuh irgendwann weg, weil sie ohne Körperkontakt gar nicht begreifen kann, dass das Ding, was da neben dem Zaun rumliegt, ihr eigenes Kalb ist. Sie hat keine Chance, verstehst du, Flo? Und darum ist sie keine blöde Kuh.»

«Kapiert», sage ich kleinlaut.

«Gut! Ich denke, wenn das Kleine bereits so schwach ist, wie ihr sagt, dann liegt es mindestens seit gestern Nacht im Gebüsch. Damit ist das für die Mutter längst erledigt, sie würde das Kalb glatt links liegen lassen, wenn ihr es zu ihr stellt, das ist ihr inzwischen völlig fremd und daher ganz egal. Wenn es überleben soll, dann müsst *ihr* jetzt die Mutter für das Kalb sein, versteht ihr?»

Opaludwig blickt mich verzweifelt an, ich zeige ihm begeistert den aufwärtsgestreckten Daumen und nicke heftig.

«Na gut, ja», brummt Opaludwig. «Äh, ich meine, das machen wir!»

«Danke!», quäkt es aus dem Handy. «Das ist ganz groß von euch. Jetzt Folgendes: Flo? Steck doch mal einen Finger in den Mund vom Kalb und sag mir, ob es dadrin schön warm ist oder kühl.»

Ich öffne vorsichtig die Lippen des Wasserbüffelchens und schiebe den Zeigefinger zwischen ihnen durch.

«Es fühlt sich an, als ob es grade eben ein Eis gegessen hätte!», rufe ich zum Handy hinauf.

«Scheiße!», lautet Bauer Werners Reaktion. «Äh, 'tschuldigung, Flo, ich wollte sagen: gar nicht gut! Also: Was das Kleine jetzt vor allem braucht, ist Wärme, der Hunger hat es bereits ausgekühlt. Bringt es sofort an einen warmen Ort, ja? Dann braucht es was Kräftigendes. Ludwig, in meiner Futterkammer im gelben Blechschrank findest du so weiße Plastikröhrchen, die sehen aus wie Spritzen, und darauf steht ‹Kälberpaste›. Die drückst du dem Kleinen ins Maul, da sind Vitamine drin, Eiweiß, Traubenzucker und all so'n Zeug, das hilft ihm, wieder auf die Beinchen zu kommen. Und danach könnt ihr lauwarme Milch versuchen, aber auf keinen Fall mehr als einen halben Liter, ganz wichtig, ja? Alle zwei, drei Stunden einen halben Liter, nicht mehr. Das Kälber-Tränkfläschchen ist ebenfalls im gelben Schrank. Und ruft jederzeit an, wenn was ist, ich bin ab jetzt auf Dauer-Empfang. So, genug gelabert, viel Glück!»

Werner hat einfach aufgelegt.

Opaludwig guckt mich irritiert an. «Bringt das Kalb an einen warmen Ort, sagt der einfach. Aber wohin meint er? Der Stall ist ja nicht geheizt, und heute Nacht soll's kalt werden, haben sie im Radio gesagt ...»

«Ins Wohnzimmer!», rufe ich. Opaludwigs Gesicht ist ein einziges Fragezeichen.

«Na», erkläre ich, «da steht doch der alte Bollerofen, den heizen wir kräftig ein, und das Kälbchen legen wir daneben, das funktioniert prima!»

«Wir können doch kein Kalb ins Wohnzimmer ...»

«Hast du eine bessere Idee, wo es Wärme herbekommen soll?», frage ich.

«Nö, eigentlich nicht», macht Opaludwig zerknirscht. «Äh ... gut ja, dann äh ... hol ich erst mal Werners Jeep hierher, bin gleich zurück.»

Und schon stiefelt er los, querfeldein zu Werners Hof. Hinter der Bodenwelle verschwinden zuerst seine Schuhe, dann die Beine, dann der Oberkörper, und kurz danach sieht es aus, als ob weißer Babyflaum über den Boden tanzen würde. Dann ist er verschwunden.

Das Kälber-Spital

Wenn ich gewusst hätte, wie unglaublich gemütlich das ist, neben einem Wasserbüffel-Kalb auf einer alten Matratze zu liegen und dem Knistern und Knacken eines Feuers im Bollerofen zu lauschen, dann hätte ich mir zu jedem Geburtstag und zu allen Weihnachten nichts anderes gewünscht als einen alten Bollerofen und ein Kalb. Na ja, das hätte ich mir wahrscheinlich umsonst gewünscht. Wegen Tante Marie-Clairs Tierhaar-Allergie. Darum haben wir kein einziges Haustier. Nicht einmal die winzigste Maus. Nur Quix, der Goldfisch, dümpelt allein im Aquarium auf meinem Regal herum, aber Quix ist aus Plastik.

Ich kuschele mich wohlig an mein Kalb. Ich sage schon *mein* Kalb – siehst du, so schnell kann das gehen, und plötzlich hat man doch ein Haustier!

Genau genommen kuschele ich mich nicht direkt an das Kalb, sondern an die fünf Schichten Stoff, unter denen es liegt und die es hoffentlich bald warm kriegen.

Das sind:

- ein Badetuch,
- eine Wärmefolie aus Werners Erste-Hilfe-Köfferchen, das Opaludwig in seinem Jeep gefunden hat,
- noch ein Badetuch,
- eine knallrote Wolldecke
- und oben drüber meine wunderschöne, riesige Bettdecke aus vielen zusammengenähten Stoffresten.

Die habe ich vor zwei Jahren selber gemacht, im Patchwork-Kurs einer Freundin von Marie-Claire. Unter diesem ganzen Wärme-Berg ist vom Kälbchen rein gar

nichts zu sehen. Nur zwei Nasenlöcher lugen unter einem Stückchen Gold-Stoff meiner Patchwork-Decke hervor.

Opaludwig hat es sich im großen Ledersessel neben dem Ofen gemütlich gemacht. Zu seinen Füßen liegt sein riesiger schwarzer Hund Günther und schnarcht leise vor sich hin. Die Hitze im Raum treibt Opaludwig Schweißperlen auf die Stirn – der kleine Ofen gibt wirklich sein Bestes. Und das ist gut so ... zumindest fürs Kalb.

Ab und zu wirft Opaludwig ein neues Scheit ins Feuer, ansonsten rührt er sich so wenig wie der Hund, das Kalb und ich. Das Lebendigste hier sind die züngelnden Flammen hinter dem Guckloch im Ofentürchen. Die Ruhe tut uns gut nach all der Aufregung.

Nachdem Opaludwig mit Werners knallrotem Jeep angebraust kam, haben wir versucht, das Kalb auf die Ladefläche zu hieven. Das war ganz schön schwierig, kann ich dir sagen! Auch ein Wasserbüffel-Kalb, das erst einen Tag alt ist, wiegt fast so viel wie ich, obwohl ich schon fast 11 Jahre alt bin! Außerdem weiß man gar nicht richtig, wo man das Tier anfassen soll, ohne ihm weh zu tun. An so einem Kälbchen sind ja leider keine Tragegriffe angewachsen.

Dadurch dass das Kalb sich weigerte, wenigstens ein bisschen mitzuarbeiten, wurde es auch nicht grade einfacher. Es hat sich völlig leblos gestellt und einfach alles schlapp und schlaff über sich ergehen lassen. Als wir es dann mit vereinten Kräften endlich hochgehoben hatten, hat es aber plötzlich wie wild gezappelt und um sich geschlagen. Wir konnten es kaum noch halten, und um ein Haar wäre es zu Boden gefallen. In allerletzter Sekunde gelang es uns, das zuckende Kalb durch die offene Heckklappe des Jeeps zu befördern. Das war knapp!

Zu Hause angekommen, schoben wir eine alte Wolldecke unter das Tier, packten das Bündel an den Stoffecken, und so konnten wir es halbwegs sicher ins Haus bugsieren und im Wohnzimmer sanft zu Boden lassen. Günther, der Hund, wurde ganz aufgeregt, schnüffelte das Kalb überall ab und leckte es ausgiebig. Wir ließen ihn machen. Wir dachten uns, dem Kalb ist es sicher egal, ob es von der Zunge seiner Mutter oder eines Hundes massiert wird. Während Günther also Mama spielte, stiegen wir in den Keller und schleppten Opaludwigs alte Matratze rauf.

«So, das wäre geschafft», keuchte er danach. «Dann hol ich jetzt die Kälberpaste und das Nuckelfläschchen.»

«Zuerst Wärme, hat Werner doch gesagt», wandte ich ein, «wir müssen es zuerst warm kriegen, und dann kannst du die Sachen zum Füttern holen.»

Opaludwig gab mir recht, und so richteten wir zuerst unser kleines Kälber-Spital ein. Nachdem das Büffel-Baby unter dem Stoffberg versorgt war, Opaludwig das Feuer angemacht und sich vergewissert hatte, dass der

Kamin zieht, konnte er endlich die Kälberpaste holen, die wir dem Kleinen sofort einverleibten.

Nun sitzen und liegen wir also im überheizten Wohnzimmer und genießen die Ruhe. Vorsichtig lasse ich meine Hand unter den Deckenberg gleiten. Dank Günthers Abschleckerei ist das Kalb trocken, und es fühlt sich schon richtig warm an. Toll, die Therapie funktioniert ja prima! Jetzt der Mund-Test. Mein Zeigefinger tastet sich zwischen den Kälberlippen durch, und ... nein, da hat sich leider nichts verändert, es ist immer noch eiskalt dadrin. «Und?», fragt Opaludwig. «Schon besser?»

«Nö, immer noch nicht», gebe ich Bescheid. «Warum wird das denn nicht endlich warm?»

«Es wird schon werden», versucht Opaludwig mich zu beruhigen. «Es dauert eben seine Zeit, bis die Wärme auch im Inneren des Körpers ankommt.»

«Wollen wir mal versuchen, es zu füttern? Mit der Milch wäre die Wärme doch gleich im Körper», schlage ich vor.

Opaludwig zuckt die Schultern. «Warum nicht? Dann will ich mal die Milch für dein Kalb warm machen.» Er stemmt sich seufzend aus seinem Ledersessel und geht in die Küche.

Hat er wirklich gesagt für *dein* Kalb? Ja, du hast es doch auch gehört. Und weißt du was? Er hat recht! Ja, jetzt ist es tatsächlich *mein* kleiner Büffel. Wie schön ist das denn!

Der Fingertrick

Opaludwig reicht mir die Tränkflasche. Ein Riesending ist das! Ludwigs Daumen ist geradezu mickrig gegen den schwarzen Gummisauger, der oben aus der Flasche ragt. Den halte ich dem Kalb jetzt vor die Nase.

Keine Reaktion. Null.

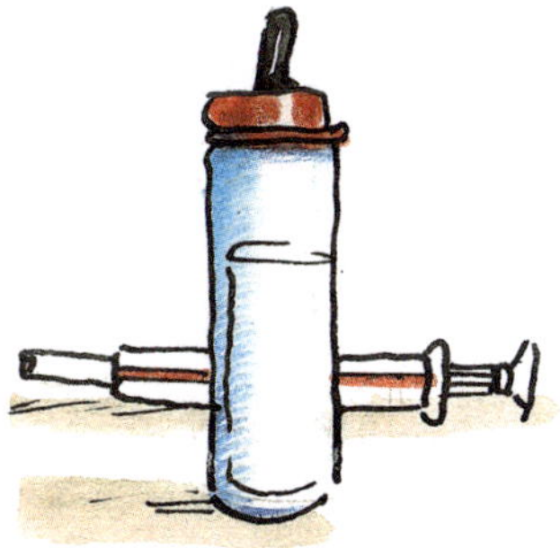

«Jetzt trink doch», bettle ich. «Hier ist leckere, warme Milch drin! Komm schon, Kleines, du musst einfach trinken, sonst stirbst du mir, und das lasse ich auf gar keinen Fall zu, hörst du? Also los, trink jetzt!»

Keine Reaktion. Das Kalb ignoriert meine Überredungskünste vollkommen.

«Opaludwig, das darf doch nicht wahr sein!», rufe ich verzweifelt. «Das Kalb kann uns doch jetzt nicht neben der gefüllten Milchflasche verhungern!»

«Na, vielleicht müssen wir ihm den Sauger erst mal in den Mund schieben», schlägt Opaludwig vor.

Gute Idee, das könnte funktionieren! Aber das Kalb dreht stur immer wieder den Kopf weg, sobald das Gummiding sich ihm nähert, es will dieses Teil ganz eindeutig nicht im Mund haben. Wir sind echt ratlos.

Also ruft Opaludwig noch einmal Bauer Werner an. Er hört lange, lange zu, während Werner redet wie ein Wasserfall. Dann sagt er: «Alles klar, Werner, wir probieren das mal, danke und tschü … ja, tschüs.»

«Ich weiß jetzt, wie's geht!» Opaludwig steckt das Handy weg. «Komm, hilf mir, Flo!»

Wir legen los. Zuerst nehmen wir die Decken Schicht für Schicht vom kleinen Büffel runter, und dann massieren wir ihn am ganzen Körper. Günther hilft mit.

«Braver Hund, brav, Günther, weiter so», brummt Opaludwig.

Unter vier Menschenhänden und einer Hundezunge wird das Kalb allmählich munterer. Es fängt an, sich zu rühren, bis es schließlich, wie vorhin auf der Weide, seine Beinchen sortiert und es tatsächlich schafft, aufzustehen. Na, geht ja schon viel besser als beim ersten Mal, stelle ich fest, ein kleiner Fortschritt immerhin!

Nun schnüffelt und stupst die kleine Büffelnase eifrig an meinen Beinen herum. Das Kalb wird immer aufgeregter.

«Was ist denn jetzt los?», frage ich.

«Es denkt, du bist seine Mama», erklärt Opaludwig, «es sucht Milch bei dir.»

«Aber da ist sie doch, die Milch, direkt vor deiner Nase!», rufe ich und strecke dem Kalb das Riesenfläschchen noch mal hin. Aber statt endlich daraus zu trinken, schnüffelt es immer hektischer an meinen Beinen rum – aber da ist nun mal nirgends ein Sauger. Wär ja noch schöner.

«Es versteht eben nicht, dass in diesem komischen Gummiding Milch ist, wie sollte es auch? Das Teil hat ja wirklich wenig Ähnlichkeit mit der Zitze eines Euters und riecht auch überhaupt nicht nach Mama», stellt Opaludwig fest und was er da sagt, leuchtet mir ja ein, aber trotzdem kann ich jetzt beim besten Willen kein Kuheuter herbeizaubern!

«Werner hat mir verraten, wie du das Kalb austricksen kannst», redet Opaludwig weiter. «Pass jetzt gut auf, Flo: Steck ihm einen Finger in den Mund. Der riecht nach dir und ist aus Fleisch und Blut. Da hofft das Kleine, dass da vielleicht Milch rauskommen könnte, und saugt daran. Sobald es damit begonnen hat, ziehst du, schwupp, den Finger raus und schiebst stattdessen, zack, das Fläschchen rein. Du musst dabei so schnell sein, dass das Kleine weitersaugt, bevor es den Tausch richtig mitkriegt, und dann hat es plötzlich Milch im Maul und lernt: Aha, das komische Gummiding ist die Milchtankstelle. Probier's einfach aus, mehr als schiefgehen kann's ja nicht.»

Von wegen, mehr als schiefgehen kann's ja nicht. Eine Katastrophe wäre das, wenn es schiefginge. Es *muss* funktionieren, es geht um Leben und Tod. Ich werde schrecklich nervös. Dann schiebe ich dem Kalb meinen Zeigefinger ins Mäulchen – und wirklich, fast sofort beginnt es, heftig daran zu saugen. Funktioniert prima! Bis dahin jedenfalls. Aber Achtung, jetzt kommt erst das Entscheidende: der Trick mit dem Täuschungsmanöver.

Ich bringe das Milchfläschchen in optimale Startposition, und dann ziehe ich, schwupp, meinen Finger raus und schiebe sofort, zack, den Sauger in seinen Mund. Das Kalb saugt einmal, zweimal, weiter ... stutzt ... wundert sich ... wartet ab.

«Komm, bitte! Mach einfach weiter, mein Kleines», flehe ich. Zögerlich saugt es noch einmal ... und dann gibt es kein Halten mehr. Das ganze Tierchen besteht nur noch aus Trinken, Trinken, Trinken. Sein Schwänzchen zuckt begeistert hin und her, und in Rekord-Tempo hat es sich die ganze Milch einverleibt. Hurraaah, gewonnen!

Als ich Opaludwig das Fläschchen zurückgebe, protestiert das Kalb heftig und schnüffelt mich wieder ab wie verrückt. Dann ruft es empört: «Mööööhh! Mehr!»

«Mehr», befehle ich Opaludwig.

«Geht nicht, sein Magen ist noch zu klein für mehr. Den nächsten halben Liter bekommt es erst in zwei Stunden», ordnet er an.

«Geht nicht, dein Magen ist noch zu klein für mehr, den nächsten halben Liter erst in zwei Stunden», sage ich zum Kalb.

«Versprochen?», fragt es zurück.

«Versprochen?», frage ich Opaludwig.

«Klar doch, garantiert», antwortet er.

«Klar doch, garantiert», gebe ich ans Kalb weiter.

«Na gut, aber nicht vergessen, ja?», mahnt das Büffelchen.

«Dich vergessen wir bestimmt nicht», beruhige ich es. «Ich weiß nämlich, wie das ist, vergessen zu werden, das wirst *du* nicht durchmachen müssen, das schwör ich dir!»

Da räuspert sich Opaludwig. Ich blicke zu ihm hoch und wundere mich, warum er plötzlich so ein trauriges Gesicht macht. Das Kalb hat doch getrunken, funktionierte doch prima, mit dem Fingertrick, oder etwa nicht? Na eben! Was hat Opaludwig denn bloß?

Das Nachtlager

Das Kalb hat schon den zweiten und auch den dritten halben Liter Milch ausgetrunken. Mit jeweils exakt zwei Stunden Pause dazwischen. Nun ist es schon ganz schön spät in der Nacht. Der kleine Büffel liegt friedlich unter seinen warmen Decken, der Ofen glüht leise vor sich hin, und ich bin hundemüde, aber unendlich zufrieden. Nur eine Sorge habe ich noch.

«Opaludwig, wenn Werner morgen zurückkommt ... nimmt er mir das Kalb dann wieder weg?»

«Kann ich nicht sagen, Flo», murmelt Opaludwig müde aus seinem Sessel. «Es ist Werners Kalb, auch wenn du es warst, die es gerettet hat. Aber ich denke, so bald kommt er nicht zurück. Schon gar nicht, wenn ich ihm morgen früh erzähle, was für eine tolle Büffel-Mama du bist. Der wird froh sein, dass er da oben bei seiner Frau bleiben kann.»

«Damit er wegen dem Kurschatten nicht die Ehe schmeißen muss?»

«Flo!», ruft Opaludwig empört. «Du hast doch nicht etwa heimlich gelauscht?»

«Nö, unheimlich. Dein Handy war doch laut gestellt!»

«Sag Werner bitte nicht, was du da gehört hast. Das war nicht für dich gedacht.»

«Geht klar!», verspreche ich. «Aber, Opaludwig, was bitte ist ein Kurschatten?»

«Na ja ...» Er denkt nach. «Das ... also ... äh, das ist ein Mann, der Werners Frau ... also der Lotte, ja? Also der ... klebt an ihr dran wie ein Schatten. Darum: Kurschatten.»

«Der Stadt-Heini!», kombiniere ich messerscharf.

«Flo!» Opaludwig hebt mahnend den Zeigefinger, doch ich lasse mich nicht bremsen:

«Jetzt versteh ich! Der lackierte Stadt-Heini ist in Lotte verliebt! Darf der das überhaupt, wo Lotte doch Werner gehört?»

«Erstens heißt es nicht lackierter, sondern gelackter Stadt-Heini und zweitens: Liebe darf eigentlich alles. Niemand gehört jemandem.» Opaludwig blickt wehmütig in die Glut hinter dem Ofen-Fensterchen. «Es ist auch ganz unwichtig, ob der Stadt-Heini ... also der Kurscha ... verflixt: ob dieser Herr in Lotte verliebt ist. Entscheidend ist, wen Lotte liebt. Werner oder den anderen.»

«Drum will Werner bei ihr sein, damit sie nicht den Gelackten liebt, sondern ihn.»

Opaludwig lächelt. «Auch. Aber vor allem, damit Lotte spürt, wen Werner liebt: nämlich sie.»

«Hmmm», mache ich. «Dann funktioniert das doch alles prima: Ich kümmere mich um das Kalb, damit Werner sich um Lotte kümmern kann ...»

«... und ich kümmere mich um dich, damit du dich um das Kalb kümmern kannst», ergänzt Opaludwig lachend.

Er gähnt ausgiebig. «So, jetzt aber ab mit uns in die Betten. Das Kalb schläft tief und fest und ist satt, dann dürfen wir jetzt auch ins Träumeland.»

«Opaludwig, was fällt dir ein! Ich kann doch nicht einfach ins Bett und das Kleine hier ganz alleine lassen!», protestiere ich. «Was ist, wenn es aufwacht und Angst hat oder Hunger oder einsam ist und nach seiner Mama schreit? Dann muss ich doch bei ihm sein!»

«Aber ...», will Opaludwig einwenden.

«Kein Aber, natürlich bleibe ich heute Nacht beim Kalb! Auf der Matratze ist doch genug Platz für uns beide. Schau, ich schlüpfe einfach zum Kleinen unter die Decken – so, siehst du, und kuschele mich an seinen Rücken ...»

Und schwupp, liege ich auch schon unter dem Deckenberg beim Kalb.

Opaludwig steht mit hängenden Schultern über mir und schaut ratlos auf Büffelchens und mein Nachtlager herab.

«Bitte, bitte, bitte», jammere ich, «ich *muss* hier schlafen, beim Kleinen bleiben, bitte, ja? Nur ein Kissen bräuchte ich noch, lieber Opaludwig, kannst du es mir bitte aus meinem Zimmer holen?»

Opaludwig hebt abwehrend die Hand, überlegt, winkt dann ab und schlurft davon, mein Kissen holen.

Der Albtraum und das Wunder

Warum bin ich denn plötzlich in der Schule? Ich sitze mit den Tussen und Schnöseln aus meiner Klasse im Klassenzimmer auf meinem Platz. Vorn steht die Pfirsich, zeigt mit dem Finger auf mich und schreit: «Du glaubst wohl, du bist klüger als alle anderen, du weißt alles besser als deine Kameraden, nur weil du ein gutes

Zeugnis hast, wie? Du 'ältst dich wohl sogar für schlauer als mich, was? 'öchste Zeit, dass unsere Tine-Trine ein wenig Demut lernt. Also: Dann verrate uns doch mal, was Indien ist?»

«Da ist meine Mutter hingefahren und ...», fange ich an.

«Falsch, falsch, falsch! Die richtige Antwort muss natürlich lauten: Indien ist das Land der Was-ser-büf-fel!!» Die Pfirsich haut bei jeder Silbe mit der flachen Hand auf ihr Pult, dass es nur so knallt. «Nächste Frage: Wo leben Wasserbüffel?»

Ich bin froh über diese Frage, denn da kenne ich die richtige Antwort hundertprozentig.

«Bei Bauer Werner und Opaludwig», rufe ich stolz.

«Schon wieder daneben!» Begeistert reißt die Pfirsich ihre Arme nach oben, wie eine Fußballspielerin, die ein Tor geschossen hat. «In Nepal, natürlich! Da haben wir es, du Tran-Trine! So schlau, wie du uns weismachen willst, bist du nämlich gar nicht. Aber eine Chance sollst du noch bekommen. Letzte Frage, und denke gut nach, bevor du wieder Unsinn redest. Hier ist sie.» Mademoiselle de la Pêche klettert auf ihr Pult, richtet sich hoch auf, holt Luft, bläst sich auf, wird immer größer und größer, bis ihr Kopf schon beinahe an die Decke des Klassenzimmers stößt. Und dann dröhnt das Pfirsich-Monster mit fürchterlicher Stimme: «Die Frage an Tine-Trine-Superhirn lautet» – ich presse meine Hände auf die Ohren, ihr

Brüllen ist nicht auszuhalten, lauter als der lauteste Orkan. Die Monsterlehrerin streckt jetzt ihren Kopf nach vorn, ihr Hals wird immer länger, so lang wie bei einem Drachen, bis ihre Gesicht genau vor meinem schwebt, und in einem Schwall übler Luft kommt die Frage:

«WO IST DEINE MUTTER?»

«Ich weiß es nicht», hauche ich leise wie Mäusepiepsen. «Sie ist vor langer Zeit nach Indien gegangen, aber wo sie jetzt ist ...»

«Schweig, Lügnerin!», zischt die Drachenfratze, und blaue Flammen züngeln aus ihrem Mund. «Schweig, STILL!!»

Angst und Verzweiflung schütteln mich, ich taumele, das ganze Klassenzimmer schwankt und rüttelt, wie bei einem Erdbeben, da öffnet sich unter mir der Boden, und ich stürze ...

Ich bin gefangen in einem kleinen Raum mit Wänden aus grob gehauenen Steinen. Aber es gibt einen Ausgang: eine Tür aus Glas. Ich versuche, sie zu öffnen, finde aber keine Klinke. Ich poltere gegen das Glas, da sehe ich Schanti auf der anderen Seite, der auf einem jungen Wasserbüffel reitet. Er sagt etwas, aber ich höre ihn nicht, sehe nur, wie seine Lippen sich bewegen.

«Hilfe!», schreie ich. «Holt mich hier raus!»

Schanti dirigiert den Büffel ein paar Meter rückwärts, dann senkt das Tier seine Hörner. Auf Schantis Zeichen prescht es los, wie ein Geschoss aus Muskeln und Fell rast er auf die Glastür zu und ... prallt ab. Beim wuchtigen Zusammenstoß hat das Glas sich elastisch wie Gummi vom Büffel weggewölbt. Nicht der kleinste Riss ist zu sehen, die undurchdringliche Scheibe trennt uns gnadenlos. Der Büffel gibt nicht auf, er stellt sich auf seine Hinterhufe und trommelt mit den vorderen an die Scheibe. Klock, klock, klock, klock. Und wieder klock klock klock klock ...

Ich wache auf. Ich habe den Deckenberg weggestrampelt, das Feuer im Bollerofen ist erloschen. Ein Gefühl der Erleichterung durchflutet mich: nur ein Traum, was für ein Glück, nur ein Traum. Wie gemein, dass man in seinen Träumen nicht weiß, dass man nur träumt. Dann könnte man sich nämlich selber wecken, wenn es hässlich wird, und schon wäre der Horror vorüber.

«Klock, klock, klock», macht es. Himmel, Schreck und zugenäht, es ist nicht vorbei! Dass ich aufgewacht bin, war wieder nur ein Traum. Ich bin noch mittendrin! Wie fies ist das denn? Mit rasendem Herzen richte ich mich auf. Da, schon wieder! «Klock, klock, klock!» Es kommt von da drüben, vom Tisch. Und tatsächlich, da steht ein leibhaftiger Wasserbüffel und starrt mich an! «Hilfe!», entfährt es mir, und wie der Blitz schnappe ich mir meine Patchwork-Decke und werfe sie über mich …

Moment mal! Was ich da gesehen habe, war ein Wasserbüffel, aber der passte unter den Tisch. Es ist ein sehr kleiner Wasserbüffel. Unter meiner Decke höre ich wieder das Geräusch, es kommt näher und jetzt … fällt bei mir der Groschen! Das Klock, Klock, Klock machen die kleinen Hufe vom Wasserbüffel-Baby auf dem Holzboden. Es muss selber aufgestanden sein, und jetzt trampelt es neugierig im Zimmer umher!

Ich reiße mir die Decke vom Kopf und sehe direkt in seine schönen Augen.

«Ah, du bist es nur! Ja, guten Morgen, du Kleines», begrüße ich es und muss lachen.

«Guten Morgen, Flo, ich dachte schon, du wachst gar nicht mehr auf!», antwortet das Büffelchen.

Wie, was, warum ..., denke ich. Ein Kalb, das sprechen kann ... das gibt es doch nicht ... Bin ich denn immer noch im Träumeland, oder was?

«Ich glaub, ich träum», sage ich. «Du kannst reden?»

«Wieso wundert dich das?», antwortet das Wasserbüffelchen verblüfft. «Klar kann ich reden, oder dachtest du vielleicht, das könnt nur ihr Menschen?»

«Äh, ja», erwidere ich, «genau das dachte ich.»

«Na, na, na, du glaubst wohl, ihr seid etwas Besonderes, wie? Die Krone der Schöpfung oder so, hm? Dabei ist Reden das Normalste von der Welt, und zwar für *alle* Lebewesen.»

«Ja, aber ich habe bis heute noch *nie* ein sprechendes Tier erlebt!», verteidige ich mich.

«Hast du wohl, und zwar seit dir Ohren gewachsen sind. Du verstehst nur nicht, was sie sagen. Bei Ludwigs Hund hörst du ‹Wau›, bei den Schweinen hörst du ‹Grunz›, bei den Pferden ‹Wieher› und bei den Vögeln ‹Piep›. Nur verstehst du nicht, *was* sie sagen, und anstatt ihre Laute verstehen zu lernen, denkst du dir einfach: Die können nicht reden, die tönen einfach nur so vor sich hin. Da machst du es dir aber ganz schön leicht, Mensch!»

Ich muss mich einmal kräftig in den Arm kneifen, um sicherzugehen, dass ich nicht träume. Aua! Das tut ja richtig weh!

Ich träume nicht. Ich verstehe wirklich jedes Wort, das mein Büffel sagt.

Ich nehme seinen Kopf zwischen meine Hände und flüstere ihm zu: «Und warum, du neunmalkluges Tier, warum versteh ich jedes deiner Worte, als ob es Menschisch wäre?»

«Weiß ich nicht», antwortet das Kalb. «Keine Ahnung, warum du Büffelisch kannst. Vielleicht ein Wunder?»

«Glaub ich nicht. Wunder gibt es nur in Märchen oder im Kino», erkläre ich.

Mein Büffel sieht mich erschrocken an. «Du glaubst echt nicht an Wunder, Flo? Nicht einmal, nachdem du selber eins erlebt hast? Wenn das kein Wunder ist, dass ich noch auf dieser Welt bin, weil du mich gerettet hast, dann weiß ich nicht, was ein Wunder sein soll!»

«Ja, das ist wirklich wunderbar, dass du noch lebst – aber gleich ein Wunder?», zweifle ich. «Dich zu retten, war doch ganz normal!»

«Normal? Jetzt hör aber auf!», empört sich der kleine Büffel und drückt sich an mich. «Als gestern unter dem Busch dein Gesicht erschien, war das ein Wunder, denn da hab ich gewusst: Alles wird gut, weil du mich retten wirst. Jetzt kann ich ruhig meine Augen schließen und alles Weitere dir überlassen.»

«Das hättest du mir aber mal sagen können, du», rufe ich. «Ich dachte, du stirbst!»

«Da war ich zu erschöpft, um sprechen zu können.»

Ich atme tief ein. «Verstehe. Trotzdem schade, dass du erst jetzt damit anfängst, mit mir zu reden. Gestern Abend beim Fläschchengeben hätte das vieles einfacher gemacht.»

Der Büffel sieht mich mit großen Augen an. «Gestern Abend hab ich doch gesprochen, gleich nach dem ersten halben Liter, als ich wieder Kraft hatte! Du hast es in der Aufregung nur nicht mitgekriegt.»

«Stimmt», sage ich verwundert. «Jetzt erinnere ich mich ... Komisch, dass mir das gestern nicht komisch vorkam ...»

Schnüffel-Büffel

Die Wohnzimmertür wird aufgestoßen, Günther stürmt herein, gefolgt von Opaludwig. Der Hund begrüßt mich und das Kalb wedelnd und jaulend, sein Herrchen steht wie vom Donner gerührt mit offenem Mund im Türrahmen und betrachtet mit großen Kulleraugen das Chaos:

Günther rast begeistert zwischen Kalb und mir hin und her, hüpft auf den im ganzen Zimmer verstreuten Decken rum, leckt das Kalb, dann wieder meine Hände, springt mit allen vieren in die Luft, dreht sich um die eigene Achse und veranstaltet den Hyper-Höllen-Aufruhr.

Wie gut, dass wir um uns herum keine Nachbarn haben! So wie Günther quietscht, winselt und japst, würden die glatt denken, da wird ein armer Hund gequält. Dabei

rastet der Gute vor Begeisterung aus! Und vor Stress, weil er sich nicht entscheiden kann, worüber er als Erstes begeistert sein soll.

«Günther!», donnert Opaludwig. «Nun gib doch mal Ruuuhe! Das arme Kalb fürchtet sich doch bei dem Krach! Güntheeeerrr, AUS!!!»

Ich halte mir die Ohren zu. Opaludwig kann richtig laut werden, wenn ihm danach ist. Der kleine Büffel, der eben noch seelenruhig die Attacken von Günther über sich ergehen ließ, flieht vor Opas Brüllern, stakselt auf seinen Hüflein Richtung Ofenecke los, rutscht auf dem glatten Holzboden aus, seine Beinchen verhaspeln sich, *rumms*, haut es ihn auf den Po.

«Da siehst du, was du angerichtet hast, Günther, du Ungetüm!», brüllt Opaludwig. «Das arme Kalb kriegt 'nen Schock fürs Leben! Günther!! Es reiiiicht! Aus – Sitz – Pfui – Platz – Fuß – komm her! HEEER zu mir!»

Der Einzige, den das Gebrüll überhaupt nicht beeindruckt, ist Günther. Er macht einfach weiter, was ein Hund in seiner Lage machen muss: begeistert sein. Bis Opaludwig es schafft, seinen Hund am Genick zu packen und neben sich zu zerren.

Nun hockt Günther hechelnd neben seinem Chef. «Na also, geht doch», grummelt der und tätschelt den Hundekopf. Dann deutet er zum Büffelkalb, und ein Grinsen breitet sich in seinem Gesicht aus. «Der steht ja!», stellt er fest.

«Ja, und er läuft!», ergänze ich.

«Und er pinkelt», bemerkt Opaludwig. Er zeigt auf die glänzende Pfütze, die sich zwischen Teppich und Bollerofen ausgebreitet hat.

«Und er kackt!» Kichernd deute ich auf etliche ockergelbe Häufchen.

«Oh, so eine Schwei ... na, Hauptsache, der Kleine ist munter», tröstet sich Opaludwig.

«Aber ich bin wieder ganz leer», blökt das Büffelchen.

«Aber er ist wieder ganz leer», übersetze ich für Opaludwig, «er braucht Milch!»

«Sogar dringend», verkündet der Büffel und schnüffelt eifrig an mir herum.

«Sogar dringend», meint Opaludwig und wird hektisch. «Dann, äh ... also ... Ich hole mal Eimer und Wischtuch ... und mach mal Milch warm, und während du dein Kalb fütterst ... kann ich ja, äh ... dann den Boden ... bin gleich wieder da!»

Er stürmt Richtung Küche, gefolgt von Günther, der sich beim Rausrennen einen fröhlichen Schluss-Beller nicht verkneifen kann. Weg sind sie.

«Du Schnüffel-Büffel, die Milch ist unterwegs, nun hab doch Geduld!», mahne ich und weiche den Nasen-Attacken des Kalbes aus. Doch es lässt nicht locker, klebt an mir wie ein Kurschatten und stupst in meine Kniekehlen. Du merkst, auch im kleinen Büffel steckt ein Stück Günther: Er macht, was ein Kalb in seiner Lage machen muss: Milch suchen!

Immer den Schnüffel-Büffel an den Fersen, klaube ich die verstreuten Decken zusammen und werfe sie auf die Matratze. Da kommt mir eine Idee: Ich nehme die knallrote Wolldecke in beide Hände und lasse sie wie eine Stierkämpferin zwischen dem Büffel und mir herunterhängen. Der Kleine ist kurz irritiert, dann probiert er, durch den roten Vorhang hindurch an meine Beine zu kommen. Blitzschnell weiche ich hinter dem Tuch zur

Seite. Der Büffel stupst ins Leere, ich ziehe die Decke elegant über seinen Rücken, während er seitlich an mir vorbeiholpert. «Olé!»

Ich drehe mich auf einem Fuß elegant dem Büffelchen zu und stampfe mit dem anderen kurz auf den Boden. «Komm, edler Stier, beweise deinen Mut!», fordere ich ihn auf.

Das Büffelchen hat sich zu mir umgedreht, läuft wieder auf die Decke zu, und der Tanz wiederholt sich: ausweichen, Büffel vorbeiziehen lassen, Decke über den Rücken. «Olé!», und Drehung.

«Blödes Spiel», beschwert sich der Büffel und bleibt stehen. «Veräppeln kann ich mich selber!»

«Ach komm, einmal noch, bitte, das macht Spaß!», rufe ich und wedele mit dem Tuch.

«Nö», sagt Schnüffel-Büffel, «ich mach nichts mehr, bevor ich meine Milch gekriegt habe, so!»

«Schade!» Ich werfe die Wolldecke auf den Haufen. «Sag mal, Schnüffel-Büffel ...», setze ich an, werde aber gleich unterbrochen:

«Schnüffel-Büffel?», fragt Schnüffel-Büffel erstaunt. «Schon das zweite Mal, dass du ‹Schnüffel-Büffel› sagst. Soll das mein Name sein, oder was?»

«Also ... ich dachte nur, weil du doch immer so an mir rumschn ...»

«Gefällt mir», sagt er und wiederholt verträumt: «Schnüffel-Büffel. Hm. Nett. *Flo und der Schnüffel-Büffel*, das ist gut! Klingt nach ziemlich guten Freunden. Nach solchen, die zusammenhalten.»

«Also, abgemacht! Dann nenn ich dich ab sofort *Schnüffel-Büffel*, ja, Schnüffi?»

«*Schnüffi*? Das geht gar nicht, das ist Babysprache! Ich bin ein richtiger Original-Wasserbüffel! Wenn dir Schnüffel-Büffel zu umständlich ist, kannst du einfach nur Schnüffel sagen, aber nie, nie, wirklich nie *Schnüffi*!»

«Gut, versprochen.»

«Sonst nenne ich dich Tine!»

«Nein, bitte nicht! Ich hasse es, so genannt zu werden.» Ich greife mit meiner rechten Hand seinen rechten Huf. «Ich sage niemals *Schnüffi* zu dir und du zu mir niemals *Tine*. Geschworen und Hand drauf?»

«Geschworen und Huf drauf!», besiegelt Schnüffel-Büffel und sieht mir dabei tief in die Augen.

Büffel-Taufe

Über eine Woche ist vergangen, seit Schnüffel-Büffel und ich uns verschworen haben. Ich liege rücklings im Gras, im Halbschatten von Opaludwigs großem Kirschbaum, den Kopf bequem auf ein Fellkissen gebettet. Ich fühl mich sauwohl. Über mir die mit dunkelroten Kirschen behangenen Äste, darüber ein meeresblauer Sommerhimmel. Voll schön! Das satte Grün, die Kirschen wie edle Rubine, das Blau des Himmels, manchmal auch das Weiß vorüberziehender Wolken-Watte ... Ich kann mich nicht sattsehen. In der Stadt ist das Bunteste, was ins Auge fällt: Werbung. Oder Graffiti. Hier hingegen: Farbe pur und einfach so. Wer hinguckt, freut sich, wer nicht hinguckt, ist selber schuld.

Ich taste mit der Hand nach der Schüssel neben mir, gefüllt mit den süßen Früchten, die ich heute Morgen gepflückt habe. Gleich vier Kirschen auf einmal schiebe ich mir in den Mund, kaue genüsslich und spucke die Kerne senkrecht nach oben. Nach kurzem Flug ploppen die Steine wieder herab, einer auf meinen Bauch, einer neben meinen Kopf und die andern landen ... Mein Fellkissen zuckt.

«He!», beschwert sich Schnüffel-Büffel. «Wenn du dich schon so bequem auf meine Flanke legst, wäre es nett, mich nicht auch noch mit Kirschkernen zu bombardieren.»

Ich muss lachen. «Entschuldige, Schnüffel, war keine Absicht! Willst du auch eine?» Ich reiche eine Kirsche über Kopf, dahin, wo ich seine Nase vermute.

«Nö, lass mal», lehnt Schnüffel ab. «Ich vertrage die noch nicht. Im Herbst kannst du mir gerne Kirschen anbieten.»

«Dann gibt es keine mehr, mein armer Freund», gebe ich zu bedenken.

«Dann nehme ich eben, was es dann so gibt, wird bestimmt auch lecker», freut sich der kleine Büffel. «Bis dahin ist für mich das Beste der Welt: Milch.»

Er fügt hinzu: «Da wir gerade so schön von Milch plaudern ... Ich könnte wieder ein Schlückchen vertragen ...»

«Schon wieder?», staune ich. «Deine letzte Flasche hast du doch gerade erst ausgesüffelt. Gib mir noch zehn Minuten, dann hol ich deine Milch ... es ist grad sooo schön, mit dir zu faulenzen.»

«Na gut», sagt Schnüffel gnädig, «mit Milch im Bauch wäre es zwar noch schöner, aber bitte ... zehn Minuten.»

Ruhig zieht ein Mäusebussard seine Himmelskreise. Ohne die Flügel zu bewegen gleitet er über die Wiesen durch die Sommerluft. Gut, dass ich keine Maus bin, sonst müsste ich schleunigst vor seinen scharfen Krallen in Deckung gehen, statt ihn zu bewundern. Viel lieber wäre ich wie er und könnte fliegen. Ich stelle es mir vor: die Schwingen ausbreiten und sich vom Wind tragen lassen, wohin man will. Hinauf ins Blau, über die Wolken würde ich fliegen ... immer weiter und weiter, bis nach Indien.

«In Indien lebten meine Vorfahren», sagt Schnüffel-Büffel.

Ich drehe mich auf den Bauch und sehe verblüfft in seine Augen. «Schnüffel! Ich habe gerade an Indien gedacht ... kannst du auch Gedanken lesen, oder was?»

«Deine manchmal schon», antwortet er, als wäre Gedankenlesen das Normalste der Welt. Er fragt: «Warum willst du ausgerechnet nach Indien fliegen?«

«Na, weil da meine Mutter hin ist, als ich noch klein war.» Mich ärgert, dass meine Stimme plötzlich so weinerlich klingt. Ich versuche mit aller Kraft, cool zu klingen: «Einfach mal meine Mutter besuchen gehen ... sehen, wie es ihr so geht und so ... keine Ahnung ...»

«Verstehe», brummt der Büffel nachdenklich. «Sogar sehr gut. Ich sehne mich auch nach meiner Mama. Sie steht gleich da drüben auf der Weide, viel näher als deine. Aber ich werde nie erfahren, welche der vielen Büffelinnen mich zur Welt gebracht hat.»

Jetzt komme auch ich ins Grübeln. «Das ist ja noch schlimmer, Schnüffel. Deine Mutter ist ganz nah, aber du weißt nicht, wer es ist ... Das ist traurig.» Ich kraule ihm tröstend das Fell.

Er hebt den Kopf und sagt entschlossen: «Ach was! Traurig hin oder her, Flo ... unwichtig! Es ist, wie es ist, Punkt. Wir leben doch! Was wirklich zählt, ist, was wir aus diesem Leben machen. Ob wir Freude an ihm haben oder es als Last empfinden – ob wir neugierig sind oder gleichgültig – ob wir klüger werden oder dumm bleiben – ob wir einander achten oder verachten – ob wir mitkriegen, wie schön die Welt ist und wie reich wir sind in all ihrer Pracht, oder ob wir meinen, die Wunder um uns herum seien normal und es gäbe nichts zu bewundern. Was ich meine, Flo: Wichtig ist, ob wir das Leben als Geschenk unserer Mütter nutzen oder vergeuden. Was mich betrifft, Flo, ich sage: ‹Mama, wer und wo du auch immer du bist: Danke, ich nehme dein Geschenk an!›»

Mannometer, denke ich, was für eine Ansprache für

so einen kleinen Büffel! Er hat sich wohl gerade selbst verblüfft, denn er schüttelt ein paarmal heftig den Kopf, als ob er es selbst nicht ganz glauben könnte. Danach legt er ihn wieder aufs weiche Gras.

Ich denke über das nach, was Schnüffel gesagt hat. Nach einer Weile murmele ich, mehr zu mir als zu ihm: «Ich nehme dein Geschenk auch an, Mama.» Dann drehe ich mich wieder auf den Rücken, lege den Kopf auf die Büffel-Flanke und schließe die Augen. Während sein Fell sanft meinen Nacken kitzelt, flüstere ich: «Wenn du mich nämlich nicht geboren hättest, Mama, dann hätte ich Schnüffel nicht kennengelernt.»

Während ich langsam eindöse, tauchen die Bilder der letzten Tage mit meinem kleinen Freund in mir auf:

Wie mein Wasserbüffel an jenem ersten Morgen das Fläschchen ohne Zicken und Zögern ruck, zuck ausgetrunken hat. Wie Opaludwig gemeint hat, ich sei die beste Büffel-Mama, die man sich wünschen könne. Wie Günther dem Kalb eine Morgenwaschung verabreichte und wie wir dann mit Schnüffel in den Garten sind, wo er wie wild auf dem großen Rasen umherraste und seine Begeisterung am Rasen-Rasen. Wie uns Bauer Werner am Telefon sagte, Schnüffel könne ab jetzt im Garten wohnen, solange er Milch bekomme, sei alles gut, da könne ihm auch die kühle Nacht nichts anhaben. All das werde ich nie wieder vergessen, nie, so lange ich lebe!

Auch nicht, wie Opaludwig und ich den kleinen Geräteschuppen leer räumten und mit Stroh ein weiches Bett für das Kalb machten. Nachdem der kleine Büffel uns gezeigt hatte, wie gut ihm sein neues Zuhause gefällt (er hat sich sofort ins weiche Stroh geworfen und ist eingepennt), meinte Opaludwig:

«So, das wäre auch geschafft. Jetzt, wo wir sicher sein dürfen, dass dein süßer Kleiner überlebt, braucht er dringend einen Namen. Wie wäre es denn mit Dieter?»

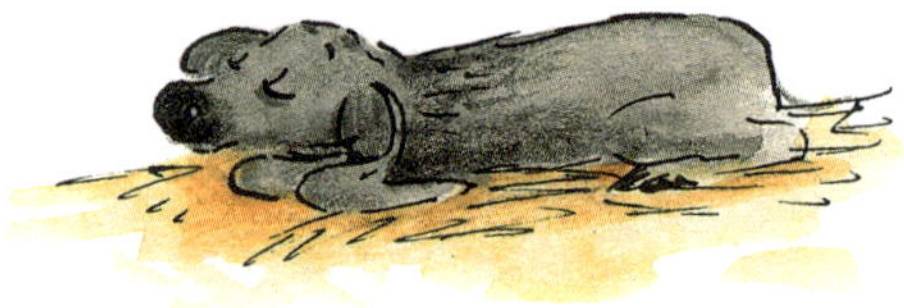

Prustend schüttelte ich den Kopf.

«Also nicht, tja ...», überlegte Opaludwig, «wie wär es dann mit Ludwig? Ein sehr schöner Name, finde ich. Was meinst du?»

«Opaludwig! Er heißt weder Ludwig noch Dieter, weil er bereits einen Namen hat.»

«Aha? Und der wäre?»

«Schnüffel-Büffel.»

«Hä? Ich krieg 'nen Lachkrampf!» Opaludwig haute sich die Hand auf den Oberschenkel, dass es klatschte. «Ein Hundename! Schnüffel, der Dackel, Schnüffel, der Pudel, Schnüffel, der Bello, das ist ja irgendwie okay. Aber ‹Schnüffel der Büffel›?»

«*Der* musst du streichen, Opaludwig, nur ‹Schnüffel-Büffel›. Oder einfach ‹Schnüffel›.»

«Ha!» Er schlug sich mit der anderen Hand auf den anderen Schenkel. «Das haut dem Schreiner ja die Zacken aus der Säge! Schnüffel-Büffel? Der arme Kleine!»

«Ich will aber Schnüffel-Büffel heißen!», mischte sich Schnüffel-Büffel ein. Opaludwigs Spöttelei riss ab, verdattert blickte er zu Schnüffel. «Was blökt der?»

«Er sagt, er will Schnüffel-Büffel heißen», erkläre ich.

«Ich verstehe nur ‹mmhöööö›.»

«Er will Schnüffel-Büffel heißen, so wie ich Flo heißen will. Das haben wir geschworen, er und ich, mit Hand drauf.»

«Mit Hand drauf?», fragte Opaludwig misstrauisch. Ich nickte.

«Huf drauf», korrigierte Schnüffel.

«Au Backe», stieß Opaludwig aus. «Dann ist das in Beton gegossen … Mit Hand drauf, das gilt!» Er seufzte theatralisch. «Meinetwegen, Flo, dann ist der Kleine eben unser Schnüffi.»

«Psssst, Opaludwig, bloß nicht!», rufe ich und flattere aufgeregt mit beiden Händen. «Schnüffi hasst er! Entweder Schnüffel-Büffel oder nur Schnüffel, aber niemals Schnüffi!»

«Also … aha, soso», brummte Opaludwig. «Ich vermute, das ist auch Teil von eurem Schwur mit Huf drau … ich meine, Hand drauf?»

«Richtig!», bestätigten Schnüffel und ich im Chor.

«Nun denn, so soll es, nach eurem unergründlichen Ratschluss, eben sein!» Opaludwig breitete die Arme aus wie ein Pfarrer auf der Kanzel, und er klang auch wie ein Pfarrer, als er verkündete: «Lieber Schnüffel-Büffel. Sei uns von Herzen willkommen mit diesem Namen, den Flo auserwählt hat als den deinigen. An nichts soll es dir bei uns mangeln! Mein Geräteschuppen sei Schnüffel-Büffels Geräteschuppen! Mein Garten sei Schnüffel-Büffels

Garten! Meine Flo sei Schnüffel-Büffels Flo! Nur, ich bitte dich, befolge die Gebote, die ich dir nun auferlege: Zertrampele nicht meinen Salat und lass Günther leben, so wie auch des Nachbars Katze! Lieber Schnüffel, sei unser Gast, der du dich uns bescheret hast.»

Opaludwig wedelte mit der Hand segnend über den Büffel, verbeugte sich feierlich vor ihm, zwinkerte mir zu, drehte ab und wandelte gemessenen Schrittes Richtung Haus.

«Das war schön, danke!», rief ihm Schnüffel-Büffel hinterher. Doch Opaludwig hörte nur «Mhööö ...».

Der schwere Weg

Heute ist ein superwichtiger Tag in Schnüffel-Büffels Leben: Er wird seine Herde kennenlernen. Und die Herde ihn. Wir sind beide ganz schön aufgeregt deswegen.

Auch Opaludwig war beim Frühstück voll nervös ... er hat gar nicht mitbekommen, dass er die abgeschnittene Käserinde in Günthers sabberndes Bettelmaul geschoben hat. Vom Tisch! «Opaludwig, wir wollten dem Hund doch nichts mehr vom Tisch geben!», sagte ich empört.

«Wie, was? Äh ... hab ich ... Oje, alte Gewohnheit ... na ja, das bisschen Rinde schadet ihm ja nicht.»

«Aber wenn wir ihn vom Tisch füttern, hat er jedes Mal Stress, sobald wir uns zum Essen setzen, weil er sofort ins Bettelfieber kommt», meinte ich. Das habe ich nämlich mal in einem Hundebuch gelesen. «Erst wenn er gelernt hat, dass es nichts gibt, und zwar

niemals, erst dann kann er sich entspannen, obwohl wir essen ...»

«Ist ja gut, Frau Flo Neunmalklug», sagte Opaludwig. «Ich muss nur die ganze Zeit daran denken, wie Schnüffel-Büffel wohl von der Herde aufgenommen wird, ob alles gutgeht und was wir tun sollen, wenn nicht und all so was halt ... da ist mir eben die Käserinde ausgerutscht ...» Opaludwig beugte sich zu Günther herab. «Nicht wahr, Günther, das war 'ne supergroße Ausnahme, das weißt du doch, mein Kluger, hm? Kommt nie, nie wieder vor, ja? Sonst schimpft Tante Flo mit Herrchen, und das will mein Günther doch nicht, nein, das *will* er nicht, der braaaave Buuube.»

«Wuff», antwortete Günther und schlabberte sich mit der Zunge über die Schnauze, einmal von rechts nach links und dann noch mal von links nach rechts. Das mit der großen Ausnahme hat er nicht besonders ernst genommen. Dafür kennt Günther Opaludwig viel zu gut: Die nächste große Ausnahme kommt bestimmt!

Es war dann echt ein ziemliches Stück Arbeit, Opaludwig davon abzuhalten, Schnüffel-Büffel und mich auf die Weide zu begleiten. Er wollte ganz unbedingt mitkommen und behauptete, wir wären ohne ihn total aufgeschmissen, weil er uns beschützen müsse, wenn die Büffel angreifen oder so.

Ich habe ihm erklärt, dass ich jeden einzelnen Wasserbüffel besser kenne als er und dass die uns auf gar keinen Fall angreifen, aber nur, wenn er *nicht* mitkommt, weil Büffel nämlich keinen Stress abkönnen, dass er aber Stress macht, weil er so nervös ist, und das macht dann wieder die Büffel nervös, und die nervösen Büffel steigern dann wiederum sein Nervössein, worauf er noch mehr Stress kriegt, was die Büffel noch weniger abkönnen und dann … dann holte ich tief Luft und sagte ganz sanft: «Bitte bleib einfach zu Hause, Opaludwig!», und umarmte ihn. Funktioniert immer prima. Wenn Opaludwig Stress macht, einfach umarmen! Dann entspannt er sich. Alle Sorgen, mit denen er sich vollgepumpt hat, sind in null Komma plötzlich weg.

Opaludwig tätschelte meinen Rücken und murmelte: «Ihr macht das schon, Flo. Schnüffel hat mit dir die beste aller Büffelmütter an seiner Seite. Und du mit ihm den besten aller Kampfbüffel an deiner. Was kann da passieren?»

Er schob mich von sich und überreichte mir sein Handy. «Nur für den unwahrscheinlichen Fall, dass doch was …, äh ja, dann … kannst du mich damit anrufen, bin dann sofort bei euch, ja? Äh … schau, einfach auf den Knopf hier drücken … äh, nein auf diesen da, dann kommt hier das Menü … siehst du, so, äh …»

«Opaludwig, ist gut! Ich kenn mich doch aus mit deinem Steinzeithandy!»

«Äh … ja … stimmt. Willst … willst du nicht wenigstens den Hund mitnehmen, damit …»

«Günther? Nie im Leben, der stresst mit seiner Büffelohren-Schleckerei noch mehr als du. Günther bleibt hier, Opaludwig», entschied ich, «damit du nicht alleine bist, nur für den Fall der Fälle, dass was passiert …», fügte ich zwinkernd hinzu.

Opaludwig grinste halbherzig. «Tja, dann … gutes Gelingen, ja? Und äh … du rufst an, ja, ich meine falls …»

«*Wenn* was ist, ruf ich an, geschworen, Huf und Hand drauf!»

Opaludwig schlug ein, und ich rannte in den Garten zu Schnüffel-Büffel.

Jetzt sind wir also auf dem Weg Richtung Büffelweide, der Kleine und ich. Wir sind schon bei dem Busch, unter dem ich ihn vor knapp zwei Wochen gefunden habe. Es ist wie eine kleine Zeitreise, alles wie an jenem Tag. Wieder die leere Wiese, der Waldrand; weit weg, am Ende des Weges, erkenne ich Opaludwigs Garten und Haus; wieder ragt der Giebel von Werners Scheune hinter der Bodenwelle auf. Und jetzt: das Weidetor.

«Alles wie damals, Flo», bemerkt Schnüffel. «Trotzdem ist dieses ‹Damals› so weit weg, ein ganzes Leben weit weg.»

«Für mich ist es, als wären wir uns grade eben hier begegnet. Und es kommt mir vor, als hätte es dich immer schon gegeben.»

«Hmm», macht Schnüffel.

Wir schweigen, versunken in den Erinnerungen an diesen schrecklich schönen Tag, den Geburtstag unserer Freundschaft.

Ich mag noch nicht gleich durch das Weidetor und setze mich auf den Weg.

«Was hast du? Warum gehen wir nicht weiter zur Herde?», fragt Schnüffel.

«Weiß nicht. Irgendwie bin ich nicht sicher, ob ich es aushalte, dass du allein auf der großen Weide sein wirst, mit all diesen fremden Büffeln. Ganz ohne mich.»

«Das weiß ich auch nicht», sagt Schnüffel. «Aber ich weiß, dass ich dahin muss. Ich gehöre zu den anderen Büffeln! Ich bin nämlich einer von ihnen, falls du dich erinnerst.»

«Aber wenn die dich links liegenlassen, wenn die dich hänseln, weil du anders riechst oder so? Wenn sie dich ‹*Schnüffi*› nennen und dich nicht dazugehören lassen?»

«Ach Flo, ich weiß, was du meinst, du hast mir ja erzählt, wie es bei dir in der Schule mit den Tussen und den Schnöseln ist. Aber Wasserbüffel sind anders als Menschen. Wir sind Herdentiere. Unsere Gruppen funktionieren prima.»

«Aber du hast keine Mama, die dich beschützt», wende ich ein. «Deine Mama bin ich! Na gut, deine Ersatz-Mama … Aber ich kann ja schlecht auf der Weide übernachten. Oder soll ich?»

Plötzlich weiß ich, was zu tun ist.

«Klar, ich borge mir Opaludwigs Zelt, und du kriechst nachts zu mir unter die Decke, dann kann dir keiner was und …»

«Halt, liebe Flo. Wie wäre es für dich, wenn deine Ersatz-Mama, Tante Marie-Claire, plötzlich mit einem Zelt auf dem Schulhof anrückt und erklärt, dass sie die ganze Zeit auf dich aufpassen will …»

«Oh Gott, das wäre oberpeinlich.»

«Eben. Die anderen würden dich dann erst recht nicht respektieren, nicht die Bohne! Komm, Flo, bring mich nach Hause!»

«Zurück in den Garten?», frage ich freudig überrascht.

«Tu nicht so!», sagt Schnüffel-Büffel energisch. «Du hast genau verstanden, wo ich hingehöre!»

«Hab ich. Auf die Weide …», gebe ich traurig zu. Schnüffel seufzt und wendet sich zum Tor. «Öffnen, bitte!»

Begegnung

Jetzt sind wir drin im Reich der Wasserbüffel. Noch stehen wir im Wäldchen, noch sind keine Büffel zu sehen. Mein Kleiner reckt die Nase in den Wind und schnüffelt heftig. Er riecht die anderen bereits. Er setzt sich in Bewegung und trappelt dem Duft neugierig entgegen.

«Warte, Schnüffel, mach langsam! Wer weiß, wie die reagieren … die kennen dich doch gar nicht …»

Schnüffel bleibt stehen und dreht seinen Kopf zurück zu mir.

«Nun mach nicht so ein Drama, Flo! Sie sind Büffel, und ich bin Büffel. Zusammen sind wir die Herde. Je größer, desto sicherer für alle. Sie werden sich über einen Zuwachs wie mich riesig freuen.»

Ich muss an meine eigene Herde denken, die Schulklasse. Dort freut sich keiner über Zuwachs. Alle haben Angst, der oder die Neue könnte ihnen was wegnehmen. Stärker sein. Oder klüger. Oder beliebter. Die Klassen-Herde will nur, dass alles so bleibt, wie es ist. Und wenn der Fremde auch noch fremd aussieht, wie Schanti, dann geht das sowieso gar nicht. Wie hart Schanti um den Respekt der Herde kämpfen musste! Und genau das steht meinem Schnüffel jetzt bestimmt auch bevor. Armer Kleiner, wie soll er das schaffen? Er ist noch ganz frisch auf der Welt, und Judo kann er auch nicht ...

«Aber Schnüffel, du riechst doch nach Mensch!», rufe ich. «Für die bist du Ausländer und ...»

«Und was?», fragt Schnüffel.

«Und du kannst kein Judo!»

«Judo? Was immer das sein soll, ich brauch es nicht. Ich bin ein Büffel, und das genügt. Ich geh jetzt zu meiner Familie, Punkt!» Schnüffel marschiert los. Ich hebe einen dicken Stock vom Waldboden auf. «Wenn es muss, dann muss es eben sein», sage ich mir. Ich werde

Schnüffel verteidigen, auch gegen eine ganze Büffelherde, und wenn es das Letzte ist, was ich tu. Ich prüfe, wie der Stock in der Hand liegt. Gut. Ich bin bereit!

Als wir aus dem Wäldchen treten, sehen wir in Dutzende von Wasserbüffel-Augen. Natürlich hat uns die Herde längst bemerkt. Sie steht abwartend im Gras, jeder einzelne Kopf ist uns zugewandt. Schnüffel bleibt stehen. Sein Schwänzchen zuckt aufgeregt, die Ohren hält er aufmerksam nach oben gereckt.

«Haaaaallo, Herde!», ruft er. Sie antworten: «Röööö̈hr!» «Rrrrunz!» «AHARRRRR!»

Mist, ich verstehe kein Wort. Warum nicht? Ich dachte, ich kann Büffelisch.

«Sagen sie was Schlimmes?», frage ich. «Nennen sie dich *‹Schnüffi›*?»

Keine Antwort. Schnüffel lässt mich einfach links liegen. Er konzentriert sich auf die Herde. Wartet ab. Er wagt ein paar Schritte auf sie zu. Bleibt wieder stehen. Senkt den Kopf. Wartet.

Aus der Herde löst sich jetzt die Kälbergruppe – Bauer Werner nennt sie den Kindergarten. Sie nähern sich neugierig. Zwei, drei Kuhlängen vor uns bleiben sie stehen.

«Mhöööö?», fragt eines der Kälber, Ramona, das Kind von Ober-Büffelin Kunga.

Schnüffel antwortet: «Ja! Genau der bin ich!»

«MHöööhöö. MMM Mhöh», sagt Ramona.

«Warum ich noch lebe?», fragt mein Kleiner zurück.

«Weil die Menschin da hinter mir mich gefunden und gerettet hat. Sie heißt Flo.»

Jetzt reden alle Kälber wild durcheinander, dabei kommen sie interessiert näher. Doch da werden sie von Kunga gestoppt.

«CHCHCHCROU!», befiehlt sie, und sofort verstummen die Kälber. Mit weit ausholenden Schritten kommt sie angedampft, voll beeindruckend mit ihren mächtigen Hörnern, au Backe! Ich packe meinen Knüppel mit beiden Händen und gehe genau neben Schnüffel in Abwehrposition. Meine Augen flitzen zwischen der mächtigen Kunga und meinem wehrlosen Kleinen hin und her.

Er selbst scheint völlig unbeeindruckt. Seelenruhig lässt er Kunga rankommen, er denkt nicht daran, auch nur einen Millimeter zu weichen. Ich zwinge mich, ebenfalls nicht davonzulaufen, obwohl mir fast das Herz in die Hose rutscht! Aber ich kann den Kleinen ja nicht einfach im Stich lassen.

Jetzt ist Kunga schon fast ganz an uns dran. Entweder sie stoppt genau *jetzt*, oder wir sind Matsch! Ich hebe den Knüppel ...

Kunga bleibt stehen. Sie wirft ihren Schädel in die Luft, schüttelt ihn, senkt ihn, bis er auf Schnüffels Augenhöhe ist und ... saugt mit ihren großen Nasenlöchern seinen Geruch ein. «PFFFF-HUU, PFFFFFF-HUU-PFFFFFF», machen ihre Nasenlöcher.

«Ich freu mich auch, dich zu sehen, Chefin», ruft Schnüffel keck.

Wie naiv ist *der* denn!, denke ich. Der meint, alles wäre in Ordnung, dabei schaufelt ihn die Büffel-Chefin gleich auf ihre mächtigen Hörner und lässt ihn gnadenlos durch die Luft segeln ... höchste Zeit einzugreifen.

«Halt! Steh still!», schreie ich Kunga an, hebe den Knüppel schlagbereit über meinen Kopf und stelle mich todesmutig vor Schnüffel hin. «Keinen Zentimeter näher!»

Die Büffelin steht bewegungslos da, wie eine Skulptur. Schaut mir ernst in die Augen mit ruhigem, starkem Blick. Während ich fast in ihren Augen versinke und spüre, dass wir nicht nur Blicke tauschen, sondern irgendwie auch Gedanken und Gefühle, wird mir klar: Sie wird nicht angreifen. Sie denkt nicht mal dran. Sie denkt darüber nach, ob dieses Menschenkalb Flo für den kleinen Büffel gefährlich ist und ob sie sicherheitshalber platt gemacht werden sollte, oder nicht.

«Keine Sorge, liebe Kunga», höre ich Schnüffel sagen «du kennst doch Flo schon seit langem! Sie ist jetzt auch meine Freundin, sogar meine Ersatz-Mama. Die tut nichts.»

«BFFFFUUUUH», macht Kungas Nase, ein Riesen-Entspannungsschnaufer. Erleichtert senke ich meinen Stock und trete zur Seite. Es ist echt zum Grinsen: Da haben wir beiden Mütter, Kunga und ich, uns gleichzeitig Sorgen gemacht um Schnüffel. Beide hatten wir die andere in Verdacht, Böses zu wollen. Vor lauter Misstrauen wären wir beinahe aufeinander losgegangen. Schräg, oder?

Kunga versteht, dass ich verstanden habe, und wendet sich Schnüffel zu. Die beiden schnaufen sich an, Nasenloch an Nasenlöchlein. Tauschen die jetzt Atemluft-Mails aus? Ihre Unterhaltung ist jedenfalls sehr angeregt …

Sie scheinen sich geeinigt zu haben, worauf auch immer. Kunga akzeptiert, dass Schnüffel mit aufgeregt zuckendem Schwänzchen an ihren Beinen entlangstreift, unter ihrem Bauch durchtaucht, sogar ihr Euter kurz inspiziert und jetzt … wie von Wespen gestochen auf den «Kindergarten» losrast. Kurz vor ihnen schlägt er einen Haken nach links und galoppiert wie ein Wahnsinniger im großen Kreis um die ganze Büffelherde rum, bis er wieder vor mir steht. Er vollführt einen Luftsprung, dann legt er gleich noch mal los: Diesmal flitzt er die ganze Runde in entgegengesetzter Richtung wie ein kleiner Büffel-Blitz.

Erstaunt stelle ich fest, dass Schnüffel schneller ist als ein Mofa! Ich beneide ihn um sein Tempo, aber noch mehr um seine Lebensfreude. Sie durchflutet ihn jetzt so total, dass er nicht mehr weiß, wohin mit ihr, und aus lauter Glück rennen muss, rennen, rennen und rennen.

Das steckt an. Mein rasendes Bündel Freude löst eine Glücksexplosion in mir aus. Die Sorgen, die ich mir gemacht habe, meine Angst, all das wird weggesprengt und fällt von mir ab wie eine überflüssige Ritterrüstung.

Dem Büffel-Kindergarten ergeht es nicht anders: Schnüffels Überschwang erfasst die anderen Kälber. Sie

rennen ebenfalls los, manche hinter Schnüffel her, andere ihm entgegen, sie galoppieren mal in Gruppen, mal wild durcheinander. Selbst die erwachsenen Tiere werfen ihr Köpfe nach oben, drehen sich um sich selbst, ja, springen sogar in die Luft. Es ist, als führten die riesigen Büffel einen Tanz auf, einen Willkommenstanz für den Neuen. Für *meinen* Schnüffel-Büffel!

Doch dann wird das Glücksgefühl ganz unerwartet von einer seltsamen Wehmut überlagert. Mir dämmert, dass ich gerade meinen Liebling verliere, dass dies der Anfang vom Ende unserer Freundschaft ist. Sosehr er mich jetzt noch mag und so lieb ich ihn auch habe ... er gehört zu dieser Herde. Mit ihr ist er glücklich. Bei *seiner* Familie. Sie haben ihn aufgenommen, als einen von ihnen. Und ich muss ihn ziehen lassen, damit er sein Büffel-Leben leben kann ...

Aber was ist mit mir? Zu wem gehöre *ich*? Welche Herde hat mich aufgenommen? Keine.

Ich bin wie immer allein.

Ich fühle mich so einsam wie schon lange nicht mehr. *Reiß* dich zusammen, Flo!, befehle ich mir. Kein Selbstmitleid! Freu dich einfach für Schnüffel, statt Trübsal zu blasen.

Ich versuche es wirklich und ernsthaft, aber es will mir nicht gelingen. Ich setze mich ins Gras. Entschlossen wische ich die Tränen weg, die schon wieder meinen Blick verschwimmen lassen. Oh Mann! Was heul ich hier rum? Ich hab doch Opaludwig und Tante Marie-Claire, beide haben mich lieb. Und Achmed, den Fahrrad-Meister, der mich respektiert. Und die Frau in der Kinder-Tausch-Zentrale, die mich auch ziemlich okay findet. Ich bin gar nicht allein auf der Welt. Und die «Schüler-Herde»? Pfff, die kann mich mal. Die mit ihren Schickimicki-Eltern, die brauch ich überhaupt nicht. Keinen von denen, jawohl! So, das haben sie jetzt davon.

Ich ziehe die Knie an meinen Körper, lege die Stirn darauf, schlinge die Arme um meine Beine und schließe die Augen. Ich höre das Getrappel der Büffel-Hufe, das Summen unzähliger Insekten, ich rieche den Duft von sonnenwarmem Gras und Kuhdung …

Duften oder Stinken

Etwas Nasskaltes stupst plötzlich gegen meinen Nacken.

«He, du, was ist los mit dir?» Das ist Schnüffels Stimme.

Ich zucke zusammen, drehe mich zu ihm zurück. Da steht er hinter mir, mit leuchtenden Augen und tropfnassem Fell.

«Und mit dir?», frage ich zurück. «Du schwitzt ja wie ein Rennpferd …»

«Mir ist angenehm kühl. Ich war im Büffelbad!» Schnüffel dreht sich einmal um die eigene Achse, damit ich sein Glitzerkleid aus Millionen von Wassertropfen ausgiebig bewundern kann.

«Was?», rufe ich. «Das erste Bad deines Lebens, und ich hab's verpasst, warum hast du nichts gesagt?»

«Ging nicht …», rechtfertigt sich Schnüffel, «der ganze Kindergarten raste plötzlich zum Wasserloch, ich natürlich mit, und eh ich's richtig merkte, war ich schon im Tümpel.»

«Und wie war's?»

«Herrlich.» Schnüffel reckt den Hals und verdreht glückselig die Augen. «Herrrr-lich! Im Wasser wird man ganz leicht, fast als ob man fliegen würde … es lässt sich gar nicht beschreiben … komm, Flo, gehen wir zusammen rein, du musst das auch erleben!»

Da hat es mein Büffelfreund wieder mal geschafft, mich zum Lachen zu bringen, dabei war ich gerade noch so traurig. Der kann echt zaubern, der Schnüffel.

«Mein lieber Schnüffel», gluckse ich und fahre ihm mit den Händen durch die nassen Zottelhaare, «ich weiß doch, wie sich Baden anfühlt und ja, es ist schön. Aber in den Büffel-Tümpel mag ich wirklich nicht, da graust es mich, ehrlich gesagt.»

«Warum das denn? Wovor?»

«Das ist doch klar, hör mal: Das Wasserloch stinkt.»

«Es duftet köstlich!»

«Ja, vielleicht in deiner Büffelnase. In meiner stinkt's. Weil deine lieben Freunde das Bad auch als Klo verwenden, das hab ich oft genug gesehen.»

«Na ja, wo soll denn der gute Duft herkommen, wenn da keiner reinmacht?», beschwert sich Schnüffel. «Das ist unser Herden-Duft, an ihm erkennt man, wer dazugehört!»

«Ich bevorzuge Duschgel. Mir fällt nicht ein, mich mit Klowasser zu waschen.»

«Duschgel? Ist das dieses Zeug, nach dem du jeden Morgen so übel stinkst?»

«Genau, was dagegen?» Ich finde, allmählich geht Schnüffel zu weit. Erzählt mir hier, *ich* würde stinken.

«Na ja, wer's mag ...», lenkt Schnüffel ein, «trotzdem könntest du auch mal unser Büffel-Duschgel probieren! Nur kurz tauchen und fertig! Danach duftest du so gut wie wir. «

Schnüffel stupst wieder mit der Nase gegen meinen Nacken. Und gegen den Rücken. Schließlich drückt er seine Stirn mit Gewalt gegen meine Wirbelsäule. Er versucht wahrhaftig, mich mit seinem Schädelchen hochzuwuchten. Mein Kleid ist hinten rum schon ganz nass von der Reiberei. Und sein Büffelgeruch schlägt mein Duschgel um Nasenlängen!

Ich springe auf die Füße.

«Na gut», erkläre ich und hebe den Zeigefinger, «ich

komm mit zum Tümpel und sehe dir beim Baden zu. Nur schauen, klar?»

«Klar!», ruft Schnüffel und rennt begeistert voraus, dorthin, wo in der Sonne die braune Brühe glitzert.

Der Streit

Jetzt riechst du wenigstens wieder wie ein Mensch», bemerkt Opaludwig und säbelt mit dem Messer ein mächtiges Stück von seinem «Opaludwigs-Spezial-Geheimrezept-Kartoffelpuffer» runter. Opaludwigs-Spezial-Geheimrezept-Kartoffelpuffer mit Apfelmus kann keiner so gut wie Opaludwig, worauf er mächtig stolz ist.

«Fmüfmbüfm übe epf fagm, ifpingpe», erwidere ich mit übervollem Mund. Die sind aber auch der Hammer, diese Opaludwigs-Spezial-Geheimrezept-Kartoffelpuffer, ich könnte mich reinknien, so gut schmecken die.

«Wie bitte?» Er hält sich die Hand an die Ohrmuschel. «Ich kann dich so schlecht verstehen, ab einem Viertel Kilo im Mund wird's undeutlich, weißt du?»

«Vepfeium», mache ich und schlucke dreimal, bis alles unten ist. Neuer Anlauf: «Schnüffel-Büffel würde jetzt sagen, ich stinke», sage ich jetzt klar und deutlich.

Opaludwig schaufelt sein Kartoffelpufferstück auf die Gabel, schiebt einen riesigen Batzen Apfelmus oben drauf und bugsiert den ganzen Berg in den Mund. «Maah, ambe-e-eupe, am-be-e-ippm», macht er.

«Opaludwig!», rufe ich vergnügt. «Ab einem Viertel Kilo ...»

«... wipf um-eupib!», ergänzt er und lacht los. Er muss sich die Hand vor den Mund halten, damit das Essen nicht wieder auf dem Teller landet. Über seinen Versuch, die drohende Sauerei abzuwenden, müssen wir noch mehr lachen. Und je mehr wir lachen, desto komischer ist es. Wir steigern uns in eine Lach-Weltmeisterschaft und kriegen kaum noch Luft. Es wird so schlimm, dass wir uns voneinander abwenden müssen, sonst endet das nie mehr, und Bauer Werner findet uns nach seiner Rückkehr totgelacht unter dem Tisch, die Münder mit Opaludwigs-Spezial-Geheimrezept-Kartoffelpuffer vollgestopft.

Das mit dem Nicht-Angucken funktioniert prima, wir beruhigen uns.

Genussvoll mampfen wir vor uns hin, und schließlich können wir uns auch wieder gefahrlos ansehen.

Opaludwig legt sein Besteck auf den leeren Teller, schiebt ihn von sich, lehnt sich zurück und seufzt genießerisch.

«Satt?», frage ich.

«Satt!», macht Opaludwig. Ich kratze mit dem Schöpflöffel die letzten Apfelmus-Reste in der Schüssel zusammen, schiebe sie mir in den Mund und schlucke. «Klimper-di-klirrr», macht der Löffel, als ich ihn in die blanke Schüssel zurückfallen lasse. «Auch satt!», stöhne ich zufrieden.

«Sag mal, Flo, was mir nicht klar ist ... was hast du dir eigentlich bei der Idee gedacht, mit den Wasserbüffeln baden zu gehen?» Opaludwig beugt sich erwartungsvoll über den Tisch und blickt mich mit großen Augen an.

«Was ich mir gedacht habe?», antworte ich. «Nichts. Ich schwöre, Opaludwig, ich fand die Idee überhaupt nicht gut und habe das Schnüffel-Büffel auch deutlich gesagt, aber ...»

Und jetzt erzähle ich Opaludwig all das, was passiert ist zwischen dem Moment, als Schnüffel und ich von seinem Garten losgezogen sind und dem Moment, als ich alleine zurückkam, Opaludwig mich entsetzt anguckte und rief: «Wieso bist du denn so nass? Und warum stinkst du wie ein alter Büffel?»

Das war nämlich so:

Du erinnerst dich, wie Schnüffel unbedingt wollte, dass ich mit ihm in den Büffelteich springe, und wie ich ihm sagte, ich schau ihm gerne beim Baden zu, aber nicht mehr, nur zuschauen? Genau.

Also lief ich hinter ihm her, an Elvis mit der Haartolle vorbei, hinter Kunga, der Chefin, rum, über den kleinen Erdhügel, direkt zum Büffelbad. Dadrin planschte schon der halbe Kindergarten rum. Einige Büffel-Mamas lagen auch im Wasser und stöhnten wohlig vor sich hin.

Schnüffel galoppierte gleich volles Rohr hinein, dass es nur so spritzte. Keiner der Badenden ließ sich davon aus der Ruhe bringen. Natürlich steuerte mein Kleiner gleich die tiefste Stelle an. Zuerst verschwand sein Bauch, dann seine Flanke, die Wasseroberfläche schloss sich über seinem Rücken, erreichte sein Kinn. Schon musste er sein

Köpfchen nach oben strecken, um noch Luft zu kriegen, vom ganzen Schnüffel-Büffel waren jetzt nur noch die Nasenlöcher zu sehen und dann ... versanken auch sie. Ein paar Luftbläschen tanzten in einem kleinen Wirbel, dort, wo Schnüffel versunken war, dann deutete nichts mehr darauf hin, dass hier mein Liebling soeben abgetaucht ist. Die Wasseroberfläche lag still, wie eine braune Grabplatte. Nur das Stöhnen der Büffel als Abschiedsgruß.

«Keine Panik jetzt», redete ich mir zu. «Der will nur zeigen, wie toll er tauchen kann. Der kommt gleich wieder hoch.»

Aber nichts kam hoch. In einem Baumwipfel, irgendwo weit oben, hörte ich das gruselige Krächzen eine Krähe.

«Der will ja nicht ersticken ... ruhig, Flo, bleib einfach ruhig ...» Ich zählte die Sekunden. «Eins ... zwei ... drei ... vier ...» Ich schloss die Augen, versuchte ruhig zu atmen, zählte weiter: «Siebzehn ... achzehn ... neunzehn ... warum kommt der nicht hoch, verflixt, so ein Idiot. Komm, Schnüffel, das ist nicht mehr lustig, komm jetzt hoch!»

Vor meinem inneren Auge tauchte ein schreckliches Bild auf: Schnüffel, tief unten in der braunen Brühe, kämpft um sein Leben. «Flooo, ich ertrinke … Flooo, warum lässt du mich im Stich?»

Ich spurtete um den Teich, während meine Augen die Wasseroberfläche absuchten. DA! Kleine Wellen, da unten bewegt sich was …

Ich sprang.

Ich tauchte, riss unter Wasser die Augen auf, es brannte, ich sah nur braun flirrenden Nebel. Ich tastete nach Schnüffel, fand ihn nicht … stieß gegen etwas Fellartiges, krallte meine Finger hinein und wurde von einer wuchtigen Bewegung zurückgeschleudert, mein Kopf stieß aus dem Wasser, ich japste, hustete …

Ich hatte keine Wahl: noch mal in diese Brühe hinab. Ich holte tief Luft und … da sah ich ihn. Er stand direkt vor mir am Ufer und grinste spöttisch. Ich weiß, dass Büffel nicht spöttisch grinsen können, aber ich schwöre dir: meiner schon!

Ich war gleichzeitig so erleichtert und ungeheuer wütend, ich wusste nicht, wohin mit all den Gefühlen. Ich prügelte mit beiden Armen auf das Wasser ein und schrie: «Schnüffel, du Blödmann! Was fällt dir ein?»

«Jetzt riechst du nach Büffel, du gehörst zu uns, hurra!», jubelte er. «Flo ist in der Herde aufgenommen!»

«Ich bin ein *Mensch*, kapierst du das nicht?», schrie ich weiter. «Ich will nicht in deine bescheuerte Herde, und ich wollte auch nicht in dein bescheuertes Stinke-Loch!»

«Aber Flo», jubelte Schnüffel total unbeeindruckt von meiner Wut, «du bist jetzt eine von UNS!»

«Das war ein ganz dummer Schnösel-Trick, den du da abgeliefert hast. Schäm dich, Schnüffel! Und ich fall drauf rein!»

Tja, da stand ich bis zum Hals in der Büffel-Suhle, schrie zu den Bäumen hinauf und gab bestimmt eine ziemlich lächerliche Figur ab. Alle Büffel glotzten mich an und fragten sich, was wohl bei diesem brüllenden Menschen-Mädchen nicht richtig tickt.

Langsam schwante Schnüffel wohl, dass er den Bogen überspannt hatte. «Flo, bitte ... das war doch nur ...»

«Ich bin stin-ke-sauer, hörst du? Und zwar auf dich, du, du ... Büffel, du ... du ... aaach!» Mir fielen keine Schimpfworte ein, mein Hirn war wie leergefegt. Ich gab auf, stand nur mit hängenden Armen in dieser Büffel-Brühe.

«Vielleicht hast du ja recht, Flo.» Schnüffel sprach leise und ganz vorsichtig. «Vielleicht kannst du wirklich nicht zu uns gehören ...»

«Kann ich wohl!», blaffte ich. «Aber als Mensch und nicht als nasser Stinke-Büffel ...»

«Na, wenn du dir für Stinke-Büffel zu gut bist ... dann eben nicht!» Nun klang Schnüffel beleidigt. «Obwohl ...», schob er hinterher, «wenn ich dich so sehe unter meinen riesengroßen, wunderschönen Artgenossen ... da wirkst du wie ein mickriger Wasserfloh. Flo, der Wasser-Floh.»

«Sehr witzig», knurrte ich.

«Flo, der Knurr-Floh.»

«Hör auf, sonst ...», drohte ich.

«Flo, der Droh-Floh!»

«Wenn du mich noch ein einziges Mal Floh nennst, dann ...»

«Was dann?», fragte Schnüffel. «Dann ... gibt's Flohstiche?»

«Dann gibt's ...» Ja, *was* eigentlich, fragte ich mich. Prügel? Dann erwürg ich ihn? Kündige ich die Freundschaft?

Mir wurde klar: dann gar nix. Ich kann ihm nicht das Geringste antun.

Ich drehte Schnüffel den Rücken zu und watete zum Rand des Wasserlochs. Auf meiner geplanten Route suhlten sich etliche Büffel, aber das war mir piepegal.

Sollen *sie* gefälligst *mir* ausweichen, *ich* bin der *Mensch* und die bloß *Rindviecher*. «Platz da!», schrie ich und fuchtelte wild mit den Armen.

Wasserbüffel hassen Hektik. Meine Schreierei vorhin hatten sie gerade noch weggesteckt, aber Schreien in Kombination mit Fuchteln, das war zu viel. Die erste Büffelkuh schnellte auf die Beine und rauschte aus dem Tümpel. Das war sozusagen der Startschuss: Fast gleichzeitig wuchteten sämtliche Büffel ihre schweren Leiber hoch und galoppierten Richtung Wiese, eine nasse Glitzer-Spur hinter sich lassend. Der Büffel-Kindergarten geriet in echte Panik und haspelte den Erwachsenen röhrend nach. Ehe ich Zeit hatte, mich zu fürchten, fand ich mich mutterseelenallein im aufgewühlten Tümpel.

«So», dachte ich, «denen hab ich aber gezeigt, wo der Hammer hängt! Von wegen mickriger Wasserfloh. Pa!» Ohne mich nach Schnüffel umzudrehen, stolzierte ich, befriedigt von meiner Macht über die Herde, von dannen.

Als ich das kleine Wäldchen vor dem Weidetor betrat, erstarrte ich. Im Schatten der Bäume hatte ich seinen mächtigen, dunklen Körper nicht bemerkt. Jetzt ragte er vor mir auf, wie eine Erscheinung. Seine muskelbepackten Schultern bebten, den Schädel hielt er stolz aufgerichtet, die imposanten Hörner zeichneten sich deutlich vor dem hellen Blätterdach der Bäume ab: Gandhi, der Herden-Chef! Er war sauer. Richtig sauer. Auf mich …

Seine Augen funkelten mich an, aus den Nasenlöchern stieß heißer Atem. Mit dem Vorderhuf scharrte er den Boden auf, Erdklumpen flogen, Wolken von Staub stiegen hoch. Er senkte den Kopf zu seiner mächtigen Brust, präsentierte mir die großen Hörner, den breiten Stiernacken.

Ein Beben lief über seinen Körper, er verlagerte sein Tonnen-Gewicht auf die Hinterbeine ... und griff an! Raste auf mich los ... Und ich? Stand wie gelähmt auf dem schmalen Pfad und wusste: Das war's jetzt! Meine dünnen Arme schnellten im Reflex schützend vor mein Gesicht. Entsetzen packte mich, als ich das Donnern von Gandhis Hufen auf mich zurasen hörte. Fell streifte mei-

ne linke Schulter, ich taumelte nach rechts, das Huf-Gedonner zog an mir vorbei …

«Alles gut, Flo!», hörte ich Schnüffel hinter mir rufen. «Gandhi wollte dich nur erschrecken, weil du seine Herde erschreckt hast. Bleib jetzt bitte ruhig, dann bleibt Gandhi auch ruhig!»

Sehr langsam und vorsichtig drehte ich mich um. Schnüffel stand genau vor seinem Herden-Chef, der wie ein mächtiger Schatten hinter ihm aufragte und mich abwartend fixierte.

«Es tut mir leid!», rief ich den beiden zu. «Ich bin durchgedreht in meiner Wut und …»

«… hast ziemlich schlechtes Herdenverhalten gezeigt», unterbrach mich Schnüffel. «Du warst sauer auf mich, weil wir uns gestritten haben. Darfst du ja auch, aber warum lässt du deine Wut gleich an der ganzen Herde aus?»

Was sollte ich sagen? Schnüffel hatte recht. «Es tut mir leid», konnte ich nur wiederholen und genau so war es auch. Das Gefühl der Macht über die Wasserbüffel war total verflogen, ich kam mir nur noch mickrig vor und war mir selber peinlich.

Da warf Gandhi seinen mächtigen Schädel hoch, schnaubte und zog seelenruhig seiner Herde hinterher.

Schnüffel trappelte zu mir, stellte sich vor mich hin und sagte: «Mir tut es auch leid, Flo. Mein Herdenverhalten war dir gegenüber auch ziemlich mies.»

«Alles wieder gut, Kleiner», sagte ich, «ich will mich nicht mit dir streiten. Weil ich auf dich sowieso nicht lange sauer sein kann.»

Der kleine Büffel stellte sich vor mich hin, reckte sein Köpfchen und sagte ganz ernst: «Liebe Flo, ich schwöre dir, dich immer nur Flo zu nennen und nie wieder Floh, und Flo ist ja auch viiiiel schöner als Floh, ich weiß gar nicht, wer mir diesen Floh ins Ohr gesetzt hat, Floh statt Flo zu sagen.»

Ich prustete los, ging vor dem kleinen Büffel in die Knie, umhalste ihn und flüsterte in sein großes Büffel-Baby-Ohr: «Flo hin, Floh her, den Unterschied hört eh keiner, aber eines kann ich dir flüstern: Flo ist froh!»

Er legte sein Köpfchen auf meine Schulter. «Ich auch», hauchte er. Es folgte ein langer Seufzer, dann sagte er: «Du riechst wunderbar!»

«Danke, Schnüffel, ich würde das Kompliment gerne zurückgeben, wenn ich eine Büffelnase hätte ...»

Ich streichelte ihm zum Abschied über sein nasses «Büffel-Spezial» parfümiertes Fell und machte mich auf den Heimweg. Was ich jetzt dringend brauchte: eine ausgiebige, nach Duschgel stinkende Dusche und trockene Klamotten!

Das Geschenk

Gerade habe ich Schnüffel-Büffel seine Nachmittagsportion Milch gebracht. Er putzt schon sagenhafte vier Liter auf einmal weg, ich weiß gar nicht, wo der Kleine so viel Milch hinpackt. Ich jedenfalls bin schon nach einer Tasse Kakao pappsatt.

Schnüffel hatte gerade den letzten Schluck aus der Flasche rausgezutzelt, als eine tiefe Stimme vom Wäldchen zu uns herüberschallte:

«Na, das ist ja ein Ding!»

Dort, unter den Bäumen stand Bauer Werner in ganzer fülliger Pracht und grinste über das breite, wettergegerbte Gesicht. Hinter ihm tauchte Lotte auf, winkte Schnüffel und mir zu und lachte: «Das klappt ja wunderbar mit euch beiden.»

«Werner!», schrie ich. «Lotte!»

Ich renne den beiden entgegen. Erst springe ich an Lotte hoch und lasse mich von ihr abknuddeln, dann umarme ich Bauer Werner, soweit meine Ärmchen eben um seinen dicken Bauch reichen. Schnüffel ist an Ort und Stelle stehen geblieben und starrt reglos zu uns herüber. Ein Faden aus Milchspucke löst sich von seinem Kinn, tropft vor ihm zu Boden.

«Das ist ja ein Prachtkerl, ist das ja!», entfährt es Bauer Werner.

«Süß ist er», flötet Lotte.

«Fast so süß wie du, meine Liebste», sagt Bauer Werner und schmatzt seiner Frau einen Kuss mitten auf den Mund.

«Aber Werner, vor dem Kind ...», haucht Lotte, aber man kann deutlich hören, dass sie in Wahrheit nicht das Geringste gegen Werners Schmatzer einzuwenden hat, auch nicht «vor dem Kind».

Wer soll denn hier das Kind sein, dachte ich, ich bin doch nicht mehr klein, und Schnüffel ist kein Kind, sondern ein Kalb.

«Na, Kleiner, da hat sie dich aber ganz schön hochgepäppelt, unsere Flo, was?» Werner fasst Lotte an der Hand und zieht sie mit, in Richtung Schnüffel. Er geht etwas mühsam in die Hocke und schaut Schnüffel tief in die Augen.

«Na, du Racker, erzähl mal, wie es dir so geht. Ist unsere Flo eine gute Büffel-Mutter? Oder ist sie nur so ’n Freizeit-Bauern-Stadtfräulein, hm?»

«Na hör mal», ruft Schnüffel empört, «Flo ist die beste Büffel-Mama der Welt! Sie hat mich gerettet, ohne sie gäbe es mich gar nicht mehr! Und jetzt schau, was dank Flo aus mir geworden ist!»

Der kleine Büffel reckt sich in die Höhe, plustert sich nach Kräften auf und präsentiert stolz seine zarten Müskelchen.

«Hmmm», macht Bauer Werner. Ächzend stemmt er seinen kugelförmigen Leib wieder hoch. «Wenn ich das Getröte richtig verstanden hab, dann hat Flo das ganz ausgezeichnet hinbekommen mit meinem Kalb hier.»

Mit *meinem* Kalb, hat er gesagt. Ich spüre einen Stich in der Brust. Klar, Schnüffel ist *sein* Kalb. So wie auch die anderen Büffel *seine* Tiere sind, auf *seiner* Weide stehen, zu *seinem* Hof gehören. Mein Schnüffel-Büffel gehört dem dicken Bauern Werner. Mir gehört hier gar nichts. Kein Grashalm, kein Stück Zaun und schon gar kein Wasserbüffelkalb.

Mir wird seltsam schummrig. Mit einem Schlag ist mir bewusst geworden: Ich bin ab jetzt so was von überflüssig. Unnötig, nebensächlich. Bauer Werner ist zurück, niemand braucht mich mehr, ich bin unnötig, wie ein Kurschatten

«Was ist denn?», fragt Bauer Werner. «Warum wirst du denn auf einmal so blass?»

«Nichts, ich hab nur …» Ich konzentriere mich mit aller Macht darauf, Werner fest in die Augen zu schauen, ohne dass sich meine mit Wasser füllen.

Ich hole tief Luft. «Es war schön, deinen Büffel zu pflegen, es hat mir Freude gemacht. Schnüffel ist ein sehr besonderer kleiner Kerl, du musst gut auf ihn achtgeben, wenn ich wieder weg bin. Das versprichst du mir, nicht wahr?»

«Na, den Teufel werd ich tun, *nicht* gut auf meinen Stier aufzupassen», sagt Werner, versenkt seine Hände in den Hosentaschen und blickt zufrieden über seine Herde. «Genauso gut, wie auf all meine anderen Büffel. Bis jetzt jedenfalls haben sie sich nicht beschwert.»

Ich weiß nicht, was ich noch sagen soll. Er hat ja recht. Seinen Tieren geht es wirklich gut: Sie sind das ganze Jahr draußen, wann immer sie wollen, oder im Unterstand im warmen Stroh, wenn's kühl oder nass wird. Sie

leben zusammen als Herde, Kinder, Mütter und Bullen, alle friedlich beieinander, wie in der Natur. Bauer Werners Tiere haben keinen Grund, sich zu beschweren, da gab es nichts zu deuteln.

Ich schaue runter auf meine Schuhe. Wenigstens meine treuen Schnür-Stiefeletten gehören mir allein.

Da spüre ich Werners Hand schwer auf der Schulter. «Ich weiß schon, was dich bedrückt, kleine Flo», sagt er mit tiefer Stimme. «Du hast dich in meinen kleinen Büffel regelrecht verliebt, was?»

Ich antworte nicht, nicke nur, weil ich sonst losheulen müsste.

«Hm», brummt Werner. «Das kommt vor. Kennen wir, was, Lotte?»

Lotte kichert leise und blickt dann ebenfalls auf ihre Schuhe.

«Na ja», fährt Werner fort, «das kann man natürlich nicht außer Acht lassen, dafür ist die Liebe nämlich viel zu mächtig. Wenn man liebt, hat man 'ne Heidenangst, man könnte verlieren, was man liebt. Stimmt's, Flo?»

Wieder nicke ich.

«Kenn ich auch», seufzt Werner, «kenn ich! Das Problem an der Sache ist: Man kann nicht besitzen, was man liebt. Habe ich auch erst lernen müssen. Von meiner Lotte, was Lotte?»

«Ach Werner», murmelte sie, «das hast du doch nun. Ich meine ... gelernt.»

«Und ich werd's auch nicht wieder vergessen, liebstes Weib.» Werner gibt Lotte abermals einen Kuss. Diesmal gibt's keinen Kommentar ihrerseits, dafür ein strahlendes Lächeln.

«Aber nun ...», Werner schnieft kurz durch die Nase, «... nun zu dir, Flo, und meinem kleinen Stierchen da. Pass gut auf: Ob der Kleine nun mir gehört oder dir, ist doch piepegal. Du hast ihn gerettet, du hast ihn gepflegt, du hast ihn liebgewonnen und ...» Werner beobachtet, wie Schnüffel sich ganz eng an meine Beine schmiegt. «... und er mag dich, scheint mir, genauso. Also: Lotte und ich sind sehr dankbar für alles, was du geleistet hast. Und wir haben beratschlagt, wie wir denn unsere Dankbarkeit dir gegenüber zum Ausdruck bringen könnten. Lotte war zum Beispiel der Meinung, dass, in Anbetracht der Tatsache, dass du ...»

«Nun sag's ihr doch endlich, Werner», unterbricht Lotte seinen Vortrag. «Die arme Flo, also wirklich!»

«Hast ja recht, Lotte, ich mach ja schon», beschwichtigte Werner. «Also: Lotte und ich sind nach langem Überlegen und Hin-und-her-Diskutieren zu der Meinung gelangt, dass wir dir, liebe Flo, in Anbetracht der Leistung, die du erbracht hast, und in Anbetracht deiner Fürsorge ...»

«Werner!», rief Lotte. «Sa-ge es!»

«Is ja schon gut! Also ... Du kannst ihn haben, den kleinen Scheißer. Nun ist's raus. Gehört jetzt dir!» Bauer

Werner nickt entschlossen und schaut beifallheischend zu Lotte, die ihn anhimmelt, als wäre er der liebe Gott.

«Echt jetzt?», schreie ich. «Wirklich, du schenkst mir Schnüffel, er ist jetzt mein eigener Wasserbüffel, ich darf ihn behalten, er gehört mir?»

«Und?» Werner zuckt mit den Schultern. «Einwände?»

«Neeeeeiiiiin», kreische ich, fliege in seine Arme, lasse mich erst von ihm durch die Luft wirbeln, dann von Lotte drücken und dann ... dann muss ich rennen vor Glück! Schnüffel galoppiert hinter mir her, einmal rund um die Herde und hinter dem Unterstand durch. Der «Kindergarten» kommt auch ins Rennen, galoppiert uns nach, die erwachsenen Büffel feuern uns mit lautem Röhren an. Schließlich nehmen wir jubelnd wieder Kurs auf Werner und Lotte. Dass ich vor Tränen nicht mehr sehe, wohin ich laufe, und dass es mich direkt vor Werners Füßen in den Dreck haut, das störte mich nicht. Immerhin sind es ja Tränen der Freude.

Ein echter Kuhhandel

«So!», macht Bauer Werner, nachdem er mich hochgehoben und Lotte die gröbsten Dreckklumpen von meinem Blumenkleid geklopft hat. «So, das hätten wir geklärt. Dann kommen wir jetzt zum Geschäftlichen.»

«Zum ... Geschäftlichen?», wiederhole ich.

«Aber klar!», ruft er. «Die Sache ist doch die: Du musst ja bald wieder zur Schule. Ich frage mich, wie du dann für ... äh, wie hast du ihn getauft ...?»

«Schnüffel, Werner, er heißt Schnüffel ...»

«Schnüffel? Sei's drum, wenn er ‹Schnüffel› heißen soll, dann soll er eben ... äh ... wo war ich?» Bauer Werner blickte verwirrt zu Lotte.

«Flo muss bald wieder in die Schule ...», half sie ihm auf die Sprünge.

«Genau, ja! Du musst ja bald wieder zur Schule. Wie willst du dann für deinen Schnüffel-Büffel sorgen? Wer soll ihn zum Beispiel füttern, hm? Seine Hufe schneiden und pflegen. Auf ihn aufpassen. Ihn beobachten, ob er vielleicht krank wird. Ihm sauberes Stroh in den Unterstand streuen. Heu für ihn machen. Seinen Mist wegräumen. Ihm frisches Trinkwasser beschaffen. Ihn auf andere Weiden führen. Du bist dann ja gar nicht mehr hier … oder?»

«Nur an den Wochenenden …», hauche ich.

«An den Wochenenden», wiederholt Bauer Werner. «Eine Wochenend-Büffel-Bäuerin. Das bist du also, wenn ich das richtig sehe. Ist nichts dagegen zu sagen, aber es reicht halt nicht. Kein bisschen. Also werde *ich* wohl die Arbeit für deinen Büffel am Hals haben. Kostet mich Arbeitszeit, kostet mich Heu, kostet mich Stroh, kostet mich Land, kostet mich Tierarzt, kostet mich Wassergeld und so weiter und so fort. Kostet eben.»

Ich schaue Bauer Werner entsetzt an. Dass mein Büffelchen mit Kosten verbunden sein soll, daran habe ich überhaupt nicht gedacht.

«Normalerweise», fährt Bauer Werner fort, «normalerweise kriege ich meine Kosten ja wieder rein durch die Tiere: Die Kühe schenken mir schöne Kälber, und von den Stieren krieg ich das Fleisch. Aber deinen Schnüffel … den willst du wohl eher nicht schlachten, oder doch?»

«Schnüffel *schlachten*??» Ich falle aus allen Wolken. «Das wäre das Schlimmste! Das wäre … Mord wäre das … das kannst du nicht machen, Werner!»

«Auf keinen Fall kannst du das machen, Werner!», stimmt Lotte energisch zu.

«Will ich doch auch gar nicht, nun beruhigt euch mal, Frauen! Trotzdem stellt sich die Frage: Was ist mit den Kosten, hä?» Er sieht zwischen Lotte und mir hin und her. «Was ist damit? Vorschläge eurerseits?»

«Ich bezahle das», rufe ich, «ich bezahle alle Kosten für Schnüffel ... irgendwie!»

«Gut! Dann kommen wir ja langsam ins Geschäft», stellt Bauer Werner zufrieden fest.

«Werner! Also wirklich ...!», zischt Lotte. «Wenn du ernsthaft von diesem Kind verlangst, dass ...»

«Was heißt hier Kind?», fährt Werner dazwischen. «Flo und ich unterhalten uns von Wasserbüffel-Besitzerin zu Wasserbüffel-Halter. Flo ist groß genug, um einen Büffel zu besitzen, da ist sie wohl auch groß genug, sich mit mir über seine Unterhaltskosten zu einigen, oder?»

Lotte presst ihre Lippen zusammen, ballt die Fäuste, weitere Kommentare verkneift sie sich aber.

«So, wieder zu uns, Flo.» Bauer Werner kratzt sich nachdenklich am Kinn. «Dass du als Besitzerin die Kosten deines Büffels zu tragen hast, das versteht sich ja von selbst. Die Frage ist nur, wie hoch sind die?»

«Und?», erkundige ich mich mit dünner Stimme. «Wie hoch sind die?»

«Na ja, dadrum dreht sich doch unser Geschäftsgespräch, oder? Also: Für die Versorgung von Pferden verlangen die Reiterhöfe mehrere hundert Euro im Monat. Für Rinderpension ... da würde ich sagen, na ... die Hälfte wäre fair, oder? Wie wäre es denn mit ... ich will jetzt mal nicht zu gierig sein und einen Freundschaftspreis machen, weil ich dich respektiere und wir ja auch in Zukunft gut miteinander auskommen wollen ... ich würde mal sagen ... na, so ... was hältst du von ... sagen wir mal ... hundertfünfzig Euro.»

«Hundertundfünfzig Euro?» Ich schnappe nach Luft.

«Pro Monat, ja», sagte Bauer Werner leichthin. «Sind pro Jahr ... Moment ... äh, eintausendachthundert. Gehen wir davon aus, dass Schnüffel etwa fünfundzwanzig Jahre lebt, dann wären das, nnn, nnn, hmmm, nnn ... Moment ... nnn ... hnnn und hmmm ... knsss: fünfundvierzigtausend, alles in allem.»

«Fünfundvierzig ... TAUSEND ... Euro??» Ich kriege diese unvorstellbare Giganten-Mega-Summe kaum über die Zunge. Wo soll ich so viel Geld denn hernehmen?

«Das staunst du, was? Ja-haa, im Kopfrechnen war ich schon immer ein Ass!», verkündet Bauer Werner stolz. «Also fünfundvierzigtausend, hm? Der Wert eines guten Mittelklassewagens. Einverstanden?» Er steckte mir seine große, schwielige Hand entgegen. «Hand drauf und gilt, ja?»

Ich kann nicht einschlagen. Es geht nicht. Selbst wenn ich jede freie Minute als Babysitter arbeiten würde, selbst wenn ich bei Achmed Fahrräder wie der Teufel putzte, selbst wenn ich all meine Blumenkleider zur Kinder-Tausch-Zentrale zurücktrage, niemals, niemals kann ich Monat für Monat hundertfünfzig Euro zusammenkratzen. NIEMALS.

Es ist bitter, aber ich kann mir Bauer Werners Geschenk einfach nicht leisten. Ich bin ja auch verrückt, dass ich mir wirklich eingebildet habe, ausgerechnet ich könnte Wasserbüffel-Besitzerin sein.

«Ich kann nicht, Werner», knirsche ich, «Schnüffel kann nicht *mein* Schnüffel sein. Ich hab das Geld nicht … ich …» Mehr bringe ich nicht heraus. Stehe nur mit hängenden Schultern da. Ich schäme mich für meine Idioten-Blödheit, mich gefreut zu haben über etwas, das für eine wie mich vollkommen unerreichbar ist.

«Du Unmensch!» Lotte faucht Werner an wie ein wütender Schwan. Sie dreht sich um und marschiert entschlossen Richtung Weidetor.

«Haaalt!», ruft ihr Bauer Werner hinterher. «Nun warte doch mal ab! Die Verhandlungen haben doch grade erst begonnen, Lotte, so bleib doch hier, Herrgott noch mal!» Lotte bleibt stehen, dreht sich hocherhobenen Hauptes um, verschränkt die Arme vor der Brust und wartet mit herausforderndem Blick auf Werners nächsten Schritt. Und wehe, der passt ihr nicht!

«Frauen!», grummelt Bauer Werner. Dann herrscht er mich an: «Nun steh hier nicht vor mir rum wie ein Schneemann unter der warmen Dusche! Verflixt und zugenäht, kämpfe! Stell dich den Tatsachen, mach was draus!»

Ja, was soll ich denn machen? Was erwartet Werner von mir, ich habe das Geld nun mal nicht!

«Also, was sind die Tatsachen?», fährt er fort. «Du willst 'nen Büffel, aber hast kein Geld für die Haltung. Und da gibst du einfach klein bei, oder was? Dass ich nicht lache! Mach 'nen Vorschlag, lass dir was einfallen, Mädchen, bist ja sonst auch nicht auf den Mund gefallen, oder? Löse das Problem. Los, verhandle mit mir», verlangt Bauer Werner. «Verhandle mit mir, verhandle wie eine echte Büffel-Bäuerin. Los, zeig's mir!»

Mir schwirrt der Kopf von diesem Geschrei. Und nun kriege ich die Wut. Was plustert der sich so auf, wie komme ich dazu, mich von dem anschnauzen zu lassen, nach allem, was ich für seinen Büffel getan habe? Ich glaub, ich bin im falschen Film!

«Du willst, dass ich verhandle?», schreie ich. «Na gut, dann verhandeln wir doch mal darüber, was *mich* dein Büffel gekostet hat! Die ganze Aufregung, die schlaflosen Nächte, die vielen Stunden, die ich mich um ihn gekümmert habe mit Füttern und allem, was ist damit, wie viel zahlst du dafür, dass der Kleine überlebt hat, hä? Wie viel?»

Mit in die Hüften gestemmten Armen stehe ich vor Werner und keife zu ihm hoch, ohne Angst, ohne einen Hauch von Tränen. Ich staune selbst über mich.

«Na also, geht doch. Endlich wirst du normal», sagt Bauer Werner zufrieden.

Ich verstehe die Welt nicht mehr. Findet der das etwa gut, von mir angeschrien zu werden? Bevor ich eine Antwort darauf finde, redet er weiter: «Das freut mich sogar sehr, tapfere Flo! Du hast recht, deine Leistung ist wertvoll, um nicht zu sagen, un-be-zahl-bar! Aber du hast noch was viel Wertvolleres, etwas, womit du mich in Grund und Boden verhandeln kannst. Du siehst es nur nicht!»

«Na, dann zeig's mir doch, wenn du schon kapiert hast, dass ich's nicht kapiere!», schreie ich außer mir.

«Gerne.» Bauer Werner grinst zu mir herab. Dann kniet er sich neben mich hin, legt eine Pranke auf meine Schulter und deutet mit der anderen auf Schnüffel. «*Was*, beste Flo, was sieht du? Sieh genau hin, Flo! Mit dem Blick der Bäuerin.»

Ich starre zum kleinen Büffel, er starrt zurück. Wir kapieren beide null. Worauf will Bauer Werner hinaus?

«Na.» Werner legt seine Wange an meine. «Siehst du

nicht seine stolze Haltung?», flüstert er. «Siehst du nicht, was für einen geraden Rücken er hat, wie mit dem Lineal gezeichnet? Siehst du nicht, wie seine kleine Brust jetzt schon mit prächtiger Muskulatur bepackt ist? Siehst du nicht seine festen Keulen, die starken Knie, die geraden Fesseln und die perfekten Klauen? Hast du nicht bemerkt, dass er das ruhige, aber mutige Wesen von Gandhi hat und den guten Charakter, obwohl Gandhi gar nicht sein Vater ist?»

«So, wie ich von Opaludwig das technische Verständnis geerbt habe, obwohl er nicht mein wirklicher Opa ist?», frage ich.

«Genau! Schnüffels Mutter war schon trächtig, als sie damals zu uns kam, er hat einen anderen Vater, den ich nicht kenne. Muss aber ein Guter gewesen sein.»

«Das ist auch wie bei mir: Ich kenn meinen Vater auch nicht.»

«Muss auch ein Guter gewesen sein, wenn ich mir dich so angucke ...», lächelt Bauer Werner, «aber jetzt sag: Siehst du, wie schön er ist, dein Schnüffel, wie vollkommen?»

«Doch ... jetzt wo du's sagst ...», stammele ich. Ich sehe es wirklich: Schnüffel ist ein prächtiger Stier!

«Flo», raunt mir Bauer Werner ehrfurchtsvoll ins Ohr, «weißt du, was dein Schnüffel hat? Potenzial. Riesenpotential. Das wird ein Zuchtstier, sag ich dir, vom Feinsten!»

«Aha ...», mache ich verblüfft.

«So sicher, wie es heute Abend dunkel wird.»

Bauer Werner kämpft sich wieder hoch, wischt mit den Händen seine Knie sauber, sieht mich an. «Darum will ich mit dir über Folgendes verhandeln: Ich will deinen Büffel als Zuchtstier in meiner Herde haben. Gandhi wird nicht jünger, Schnüffel soll sein Nachfolger werden.»

«Als Herden-Chef?», frage ich ungläubig.

«Als Herden-Chef. Und als Vater vieler prächtiger Wasserbüffel-Kälber. Ich will ihn mir bei dir ausborgen, Flo. Du musst mir aber versprechen, dass du ihn mir nicht aus der Herde nimmst und an einen anderen Züchter verkaufst. Zumindest nicht für die nächsten fünfundzwanzig Jahre.»

«Versprochen», sage ich.

«Da ist allerdings ein Problem», gibt er zu bedenken.

«Was denn?»

«Ich ... ich kann fürs Ausleihen nicht so viel bezahlen, wie eigentlich angemessen wäre. Ich muss knapp kalkulieren, so ein Hof mit glücklichen Tieren macht eben nicht reich und ...»

Jetzt dämmert mir allmählich, worauf das Spiel hinauslaufen soll. Mit hoffnungsvoll klopfendem Herzen frage ich: «Wie viel könntest du denn zahlen?»

«Na so ... ich würde mal sagen, also ... was meinst denn du? Was müsstest du haben?»

«Zweihundert im Monat!», fordere ich.

«WAS?» Bauer Werner reißt die Augen auf und blickt mich entsetzt an: «ZWEIHUNDERT? Unmöglich! Du machst mich zum armen Mann! Das ist Wucher!»

«Na gut, weil du es bist», gebe ich mich gnädig. «Ich will jetzt mal nicht zu gierig sein und ’nen Freundschaftspreis machen. Weil ich dich respektiere und wir …»

«Ja, ist ja gut … nun rück schon raus mit deinem Preis, Bäuerin Flo!»

«Sagen wir …» Ich tue so, als müsste ich ganz viel überlegen, rechnen und kalkulieren … dann verkünde ich das Ergebnis: «Einhundertfünfzig pro Monat! Macht für die nächsten fünfundzwanzig Jahre … hmmsknnnssmm … fünfundvierzigtausend, alles in allem.»

«Fünfundvierzigtausend! Hmmm …» Bauer Werner wiegt nachdenklich den Kopf.

«Nehmen wir mal an», rede ich weiter, denn jetzt komme ich richtig in Schwung, «er hilft deinen Kühen pro Jahr dreißig Kälber zu machen, dann sind das in fünfundzwanzig Jahren … warte mal … dann sind das dreißig multipliziert mit fünfundzwanzig … dann sind das, wow: siebenhundertfünfzig Kälber! Und die Hälfte davon werden Kühe, die wieder fast jedes Jahr je ein Kälbchen machen, von denen wieder die Hälfte Kühe werden, die dann ihrerseits … das werden ja Tausende!!», jubele ich.

Jetzt macht mir das Verhandeln richtig Spaß! Breitbeinig stelle ich mich vor Bauer Werner auf und strecke ihm meine Hand entgegen: «Fünfundvierzigtausend Euro gibst du mir dafür, dass ich dir fünfundzwanzig Jahre lang meinen Zuchtstier leihe, und ich gebe dir fünfundvierzigtausend Euro dafür, dass du fünfundzwanzig Jahre lang für Schnüffel sorgst. Aber vom Feinsten, ja? Hand drauf und gilt.»

In Bauer Werners Gesicht breitet sich ein Grinsen aus. Er lässt meine Hand in seiner Pranke verschwinden, drückt herzhaft zu und ruft: «Hand drauf und gilt, Frau Verhandlungsmeisterin, so wahr ich Bauer Werner bin!»

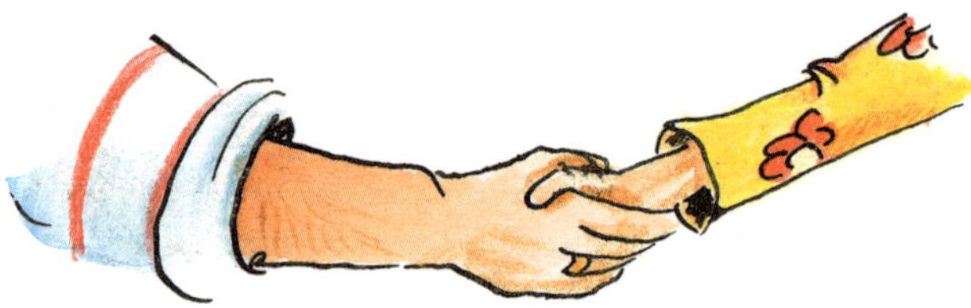

Und dann gibt es wieder viele Umarmungen: Lotte ist herangekommen, umarmt ihren Werner, der umarmt mich, ich Lotte, die beiden einander, während ich Schnüffel herze, alle drei Menschen umarmen sich gleichzeitig. Und schließlich umarmen wir den Schnüffel-Büffel, erst ich, dann Lotte, dann Bauer Werner.

Der letzte Ferientag

Warum läuft die Zeit so ungleichmäßig? In der Schule geht sie manchmal so langsam, dass man meint, der Minutenzeiger ist auf der Klassenzimmer-Uhr festgefroren. Und in den Ferien rast sie wie auf der Achterbahn – kaum ist man eingestiegen, schon ist es wieder vorbei. Ich glaub, ich muss mal nachlesen, was dieser Wissenschaftler über die Zeit herausgefunden hat. Du weißt schon, der den gleichen Schnauzbart getragen hat wie Opaludwig, dieser Einstein. Der hat nämlich nachgerechnet, warum die Zeit relativ verschieden schnell läuft.

Bis ich das kapiere, muss ich aber Folgendes hinnehmen: Die Sommerferien sind rum! Abgelaufen, verflogen, vorbei.

Morgen muss ich zurück in die Schule.

Opaludwig zeigt es mir in der Küche. «Schau», sagt er und nimmt den Kalender vom Nagel in der Wand, «... jetzt haben wir Anfang September. Und da geht die Schule los.»

Er legt den Zeigefinger auf eine rote Zahl. «Diesen Tag

haben wir heute und hier ...» Opaludwig verschiebt den Finger auf das Datum der Zahlenreihe darunter. Es ist rabenschwarz und mit blauem Kugelschreiber eingekringelt. «... Da ist Schulbeginn.» Sein Finger klopft auf die Zahl. «Also morgen.»

«Morgen ...?» Ich bin entsetzt. «Dann holt mich ja Tante Maire-Claire heute Abend zurück in die Stadt. Ich hab Schnüffel-Büffel noch gar nicht tschüs gesagt und die Schultasche noch nicht hervorgeholt und ... das funktioniert überhaupt nicht, viel zu wenig Zeit, Opaludwig! Ruf bitte Tante Marie-Claire an und sag ihr, sie kann mich erst morgen holen, bitte, ich brauch noch einen Tag länger, nur einen einzigen mickrig-winzigen Tag!»

«Ach, liebste Flo», grummelt Opaludwig und nimmt mich in den Arm, «der erste Schultag ist der erste Schultag, den kann keiner verschieben, so gern ich das für dich tun würde.» Er drückt einen Kuss auf meinen Strohhut. «Pass auf, der Plan ist wie folgt: Deine Tante holt dich heute *nicht* ab. Ich habe heute Morgen mit ihr telefoniert, und sie war genauso erschrocken, dass die Ferien vorbei sind, wie du. Sie muss bis morgen einen langen Text übersetzen und die ganze Nacht durcharbeiten.»

«Sie hat wirklich vergessen, dass sie mich abholen soll? Ich glaube es ja nicht! Sie hat mich *schon wieder* vergessen?»

«Natürlich nicht. Wie könnte sie dich vergessen, Flo?», beschwichtigt Opaludwig. «Sie hat bloß … das … äh … Datum vergessen. Äh … jedenfalls … kommt sie heute Abend nicht.»

«Super!», rufe ich. «Dann kann ich morgen leider, leider auch nicht in die Schule. Und schuld ist Maire-Claire. Danke, liebe Tante, für den zusätzlichen Ferientag!»

«Mooo … ment.» Opaludwig hebt die Hand. «Natürlich wirst du morgen pünktlich in der Schule sein. Dein Opa hat nämlich alles im Griff: Ich fahr dich frühmorgens zum Bahnhof, du steigst in die S-Bahn, fährst bis zum … äh … du weißt schon, zum Dingsbums-Platz, wo du immer einsteigst, wenn du zu mir rauskommst … also, äh … dort steigst du aus und marschierst direkt zum Schulhaus. Am ersten Tag nach den Ferien beginnt der Unterricht erst um zehn, also das … äh, ist locker zu machen.»

Opaludwig war furchtbar stolz auf seinen Plan und darauf, dass der auch ohne Tante Marie-Claire prima funktioniert. Ich finde den Plan überhaupt nicht prima, weil er wirklich funktionieren kann. Mir wird übel, wenn ich nur daran denke, wieder auf dem Schulhof aufkreuzen zu müssen. Wieder allein gegen die Tussen und Schnösel in meiner Klasse, mir graut jetzt schon davor. Wochenlang waren die alle so weit weg, als ob es sie nie gegeben hätte. Jetzt tauchen vor meinem inneren Auge die ganzen Gesichter wieder auf wie Monster aus einem Albtraum: Die ätzende Stöckel-Chantille, die püppihafte Glitzerbändchen-Florence, die supereitle Zöpfchen-Joséfine, der dauerverkrampfte Jacket-Xavier, der möchtegern-coole Spinnen-Robert, die parfümsüchtige Dauerwellen-Christine und wie sie alle heißen. Und natürlich die arrogante Mademoiselle de la Pêche, Monsieur «Die Trillerpfeife» Lelac und die ganzen restlichen Lehrer. Der Einzige, den ich morgen ertragen könnte, ist ausgerechnet der, der mich links liegenlässt: Schanti. Ob er sich jetzt wirklich «Ren» nennt? Quatsch, der hat unser Treffen auf der Schulhaustreppe bestimmt längst vergessen. Nur ich dumme Nuss erinnere mich an jede Einzelheit.

Weg damit! Weg mit den Gedanken an die Schule! Ich habe nur noch diesen einen letzten Tag, den will ich auskosten bis zum Gehtnichtmehr, statt ihn mit Trübsalblasen zu vergiften.

Also tue ich gegenüber Opaludwig so, als fände ich seinen Plan super, grinse ihn an, drehe mich zur Tür, werfe ihm über die Schulter ein «Muss zu Schnüffel!» hin, und weg bin ich.

«Zum Abendbrot bist du aber wieder hier, ja?», schallt mir Opaludwigs Stimme nach. Ich bin bereits im Flur, dann im Garten, und schon trabe ich über den Feldweg zur Büffelherde. Zu meinem Schnüffel.

Der Aufbruch

Lieber Opaludwig
Du hast verschlafen, und ich wollte dich nicht wecken. Bin schon weg, zu Fuß zum Bahnhof. Keine Sorge, das funktioniert prima! ☺
Danke für die Ferien bei dir, es waren die schönsten Ferien meines Lebens! ♥
Bis zum Wochenende, Kuss, Flo.

P.S.: Günther ist schon gefüttert!

Ich lese meinen Zettel noch mal durch. Der Text ist perfekt. Ich lege ihn auf den Küchentisch und stelle Opaludwigs Kaffeetasse drauf, damit er ihn bestimmt findet. Ich muss grinsen, wenn ich mir vorstelle, wie der arme Opaludwig irgendwann viel zu spät wach wird, wie ihm einfällt, dass er mich zum Bahnhof hätte fahren müssen, wie er aus dem Bett springt, in mein Zimmer rast, dort nur das leere, ordentlich gemachte Bett vorfindet, wie er meinen Namen ruft, immer hektischer das ganze Haus nach mir absucht und schließlich auf dem Küchentisch den Zettel entdeckt. Wie erleichtert er sein wird, dass alles in Ordnung ist, weil die kleine Flo schon so erwachsen war, sich völlig selbständig auf den Weg zur Schule zu machen. Und sich dann erst mal zufrieden einen schönen Milchkaffe kocht.

Was er nicht wissen wird, ist, dass ich zwar tatsächlich auf dem Weg in die Stadt bin, aber nicht alleine. Sondern in Begleitung meines besten Freundes Schnüffel-Büffel.

Ja, stell dir vor, Schnüffel kommt mit mir zur Schule! Um mich vor den Tussen und Schnöseln in meiner Klasse zu beschützen, ist das nicht großartig? Wir haben gestern Abend alles ganz genau besprochen. Und dann einen viel besseren Plan geschmiedet, als den von Opaludwig.

Schnüffel hat erstaunlich cool reagiert, als ich mit der Horror-Nachricht bei ihm aufkreuzte, dass die Ferien vorbei sind.

«Ich muss dich verlassen, Schnüffel-Büffel», schluchzte ich, während ich vor ihm in die Knie ging und ihn so fest in die Arme nahm, wie ich nur konnte.

«He, Flo, erdrück mich nicht», röchelte er, «erklär mir lieber mal in Ruhe, was passiert ist?»

Also nahm ich seinen schönen Kopf zwischen meine Hände und flüsterte: «Ich muss morgen wieder in die blöde Schule zu den doofen Tussen und Schnöseln. Ich sehe dich nie mehr, Schnüffel. Eine ganze Woche lang nie mehr!»

«Und nach der Woche?»

«Komm ich natürlich sofort her! Aber nur für Samstag und Sonntag, danach sehen wir uns wieder eine ganze Woche lang nicht. Was machst du nur all die vielen schrecklichen Tage dazwischen? Wie überlebst du das, ganz ohne mich?»

«Das ist nicht schwer», lachte er, «ich atme einfach weiter. Ein und aus und ein und aus. So überlebt es sich ganz von alleine. Nebenher warte ich auf die Milch, die mir dann sicher Opaludwig bringen wird oder Bauer Werner oder seine Frau. Zur Abwechslung nasche ich ein wenig Gras, spiele mit den anderen vom Büffelkindergarten, necke die Großen, lerne von Gandhi, was ein echter Herden-Chef ist, und freue mich, wenn du am Samstag wiederkommst.»

«Wenn du das so sagst, klingt es wirklich, als wär das kein Problem. Aber wer beschützt dich, wenn die anderen Büffel dich auslachen oder links liegenlassen, oder wenn Gandhi böse auf dich ist? Dann bist du alleine, im Stich gelassen von deiner besten Freundin Flo.»

«Büffel sind nie auf sich allein gestellt, sie sind immer eine Herde», beruhigte mich Schnüffel. «Jeder hat seinen Platz und seine Aufgabe, da nervt keiner den anderen. Die anderen sind also keine Gefahr für mich, sie sind mein bester Schutz.»

Ich streichelte sanft über sein weiches Fell und fragte traurig: «Wirst du mich gar nicht vermissen?»

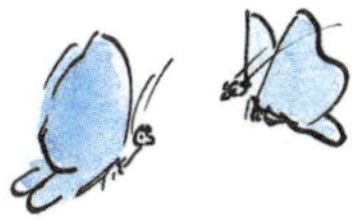

«Doch, Flo, natürlich. Es ist sehr schön, mit dir zusammen zu sein, und das wird mir fehlen. Aber du bist nun mal kein Büffel. Du hast dein Menschen-Zuhause in der Stadt. Dort ist auch deine Herde. Menschen wie du selbst, ob es dir passt oder nicht.»

«Aber meine Herde bietet keinen Schutz, sie ist gefährlich. Ich will da nicht hin, Schnüffel, ich will bei dir bleiben!»

«Aha!», rief Schnüffel. «Kann es sein, beste Flo, dass wir uns weniger Sorgen um mich machen müssen als um dich? Weil deine Menschen ein miserables Herdenverhalten haben?»

«Hm, na ja, kann sein ...»

«Also müssen wir dein Problem lösen», sagte Schnüffel.

«Wie denn?», fragte ich verzweifelt. «Ich muss dahin, das ist Gesetz! Dieses Problem kannst nicht mal du lösen.»

«Doch.» Mein kleiner Schnüffel warf den Kopf hoch. «Ich gehe nämlich mit dir in die Schule!»

«Du willst ...»

«Ja. Und dort zeige ich deinen komischen Menschen, was gutes Herdenverhalten ist!»

Tja, und dann schmiedeten wir jenen Super-Plan, den ich gerade in die Tat umsetze.

Aufgabe Nummer 1: Opaludwig ausschalten.

Lösung Nummer 1: Er musste sehr, sehr müde gemacht werden. Das erreichte ich, indem ich ihn gestern Abend total zugelabert habe, bis nach Mitternacht. Ich erzählte ihm *alles*, was ich während dieser Ferien erlebt habe, dann *alles*, was ich in der Schule erlebt habe, und dann *alles*, was ich jemals mit Tante Marie-Claire erlebt hatte. Dazwischen kochte ich ihm Tee und stellte ihm auch die Rumflasche hin, damit er den Tee zur Feier des letzten Ferientages ein wenig «verfeinern» konnte. Davon wurde Opaludwig ganz nach Plan schön schläfrig.

Aufgabe Nummer 2: Der übermüdete Opaludwig musste heute Morgen verschlafen.

Lösung Nummer 2: Den Weckruf auf seinem Handy ausschalten, damit er verschläft. Das bedeutete: warten, bis Opaludwig tief und fest im Träumeland ist, aber dabei nicht selber einnicken.

Lautlos wie eine Katze schlich ich schließlich zu Opaludwigs Schlafzimmer. Ich tastete nach dem Handy auf dem Nachtkasten neben dem Bett, nahm es mit in mein Zimmer, stellte den Wecker für mich eine Stunde früher und nun konnte ich endlich auch einschlafen.

Heute Morgen war ich dann erst mal völlig durch den Wind. Brutal lautes Jazz-Gedudel riss mich aus dem Tiefschlaf. Um die Folter perfekt zu machen, zog mir jemand beharrlich einen klebrigen Waschlappen übers Gesicht. Im Reflex schlug ich heftig um mich, traf etwas Haariges und stellte fest, dass Günther mir gerade eine

Gesichts-Zungen-Massage verpasste. Er hatte den Wecker lange vor mir gehört und tat nun das, was ein Hund beim Erklingen dieser Töne tun muss: «Futter-Maschine wecken». In diesem Fall mich. Danke, Günther!

So, der Zettel für Opaludwig ist geschrieben, Günther gefüttert, damit er Ruhe gibt, die Schultasche gepackt, und die Flaschen für Schnüffel-Büffels Frühstück sind voll mit warmer Milch. Ich stopfe sie in meinen Rucksack, dazu einen Kälberstrick, an dem ich Schnüffel später führen werde, und ein Ersatz-Blumen-Kleid. Ich schnalle mir das Ganze vor den Bauch, wuchte die Schultasche auf den Rücken, setze den Strohhut auf den Kopf und verabschiede mich von Günther. «Braver Hund, du bleibst schön hier und passt auf Opaludwig auf, ja?» Ich tätschele Günthers Kopf und schlüpfe durch die Haustür, die ich leise hinter mir schließe. Uff, Aufgabe 1 und 2: erledigt!

Einsteigen, bitte!

Aufgabe 3 ist dagegen ein Kinderspiel: mit Schnüffel-Büffel zum S-Bahnhof wandern. Das stellt sich als sehr schöne Aufgabe heraus. Im Gras glitzern links und rechts unseres Weges Tautropfen im milden Licht der Morgensonne, irgendwo hoch über uns jubiliert eine Lerche, und der Rucksack vor meinem Bauch ist auch nicht mehr so schwer, denn die ganzen vier Liter Milch sind bereits in Schnüffel-Büffels Bauch.

«Hast du denn noch genug Milch für mein Abendessen dabei?», hat Schnüffel nach dem Frühstück gefragt.

«Kein Problem», beruhigte ich ihn, «die hole ich nach der Schule im Supermarkt.»

Beruhigt trappelt Schnüffel eine Weile neben mir her.

Mein Zeitplan funktioniert prima. Wir sind sogar eine Viertelstunde früher am Bahnhof. Ich werfe die Münzen für Schnüffels Fahrschein in den Geldschlitz. Eigentlich habe ich keinen Schimmer, was Wasserbüffel für eine S-Bahn-Fahrt zu bezahlen haben. Vermutlich das Gleiche wie Hunde. Zumindest von der Größe her entspricht Schnüffel etwa einem Bernhardiner. Einem großen

Bernhardiner, zugegeben, aber er ist bestimmt leichter als der dicke Mann dort drüben, der mit der braunen Filzjacke und den grünen Hosen, der ebenfalls auf die Bahn wartet. Es ist bestimmt okay, wenn Schnüffel den Hundepreis bezahlt.

«Der knurrt aber komisch, dein Hund! Ist der krank?»

Schnüffel und ich drehen uns nach der krächzenden Stimme um. Eine ältere Frau beugt sich über Schnüffel. Ihre wässerig-grauen Augen hinter der ovalen Metallbrille inspizieren meinen Kleinen wie ein seltsames Insekt.

«Das ist ein Wasserbüffel!», erkläre ich stolz.

«Ein Büffel?», quiekt die Frau wie eine Alarmsirene. «Junges Fräulein, das ist kein Büffel. Büffel haben Hörner! Und der Hund hier hat nur solche ... Dinger.» Sie deutet mit ihrem Zeigefinger auf die kleinen Horn-Ansätze auf Schnüffels Kopf.

«Aus diesen Dingern werden Hörner, wenn er groß ist», erkläre ich geduldig.

«Wenn er groß ist? Der *ist* groß. Ein sehr großer Hund!»

«Falsch, er ist ein sehr kleiner Büffel!»

«Warum knurrt er dann?»

«Er knurrt nicht, er röhrt.»

«Papperlapapp, junges Fräulein, der Hirsch, *der* röhrt. Er hier knurrt, also ist er ein Hund!»

Was soll ich sagen, denke ich und sage: nichts. Aber meine Hoffnung, dass sich das Plauderstündchen mit der Omi damit erledigt hat, erfüllt sich nicht.

«Wie heißt denn dein Hund?», fängt sie wieder an.

«Mein Büffel heißt Schnüffel», gebe ich trotzig Auskunft.

«Schnüffel? Sag ich doch, ein Hund!»

«Nein, Büffel!»

«Hund! Ein Büffel heißt nicht Schnüffel, weil ein Büffel nicht schnüffelt, Schnüffel heißen Hunde, weil *die* schnüffeln, ganz im Gegensatz zu den Büffeln. Büffel schnauben!»

«Mein Büffel schnüffelt, darum heißt er Schnüffel-Büffel.»

«Schnaubie!», schreit sie Schnüffel an, der überhaupt

nicht weiß, wie ihm geschieht. «Schnaubie müsstest du heißen, wenn du ein Büffel wärst und schnauben würdest wie ein Büffel, Schnaubie! Du aber heißt Schnüffel, darum bist du kein Büffel, sondern ein Hund. Noch dazu einer, der komisch knurrt!» Die Frau schnaubt nun wie eine kranke Büffelin, vor Aufregung ist sie ganz außer Atem. Mir reißt der Geduldsfaden. Ich stelle mich schützend zwischen sie und den armen Büffel und sage: «Wenn es danach ginge, was für Töne man von sich gibt, dann wären Sie eine Alarmsirene!»

Der Mund der Frau schnappt auf und zu, wie bei einem Karpfen, und wie bei dem kommt kein einziger Ton raus.

Ich drehe ihr den Rücken zu. «Komm, Schnüffel, wir gehen. Schön bei Fuß! Mach Fuuuß!! So ist er ein braaaver Hund!»

Wir marschieren an der Bahnsteigkante lang, Schnüffel immer an meiner Seite, wie ein gut abgerichteter Schäferhund.

«Na, wenigstens der Hund ist gut erzogen!», tönt es uns nach. Ich tu, als hätte ich's nicht gehört.

Jetzt erst fällt mir auf: Bei der Besserwisser-Tante sind

mir grade genau die richtigen Worte eingefallen, und zwar gleich, nicht erst hinterher, wie sonst immer. Ich überrasche mich selbst. Ich sage dir: Zu merken, dass man doch etwas kann, von dem man geglaubt hat, man sei zu doof dafür, ist ein total gutes Gefühl!

Dann brauch ich auch nicht weiter von der Frau weg-zulaufen, wir bleiben stehen.

«Ganz schlechtes Herdenverhalten», bemerkt Schnüffel, «warum hat sie denn so große Angst vor uns, dass sie unfreundlich sein muss?»

«Keine Ahnung. Manche Menschen sind so. Vergiss es.»

«Wenn sie sich fürchtet, warum kommt sie dann alleine her, wo hat sie denn ihre Herde gelassen?»

«Viele Menschen haben keine Herde und sind immer und überall allein», erkläre ich ihm.

«Immer und überall allein? Kein Wunder, dass sie Angst hat.» Schnüffel legt den Kopf schief, atmet tief ein und seufzt: «Arme Frau!»

Die S-Bahn braust heran, bremst ab, die Türen öffnen sich. Wenige Passagiere steigen aus, noch weniger steigen ein. Unter ihnen der dicke Mann, die ältere Frau und ich. Nicht einsteigen will: Schnüffel-Büffel.

«Was ist?», frage ich. «Komm, die Türen schließen gleich!»

«Kann nicht ... Angst!» Schnüffel steht mit gespreizten Beinen, gesenktem Kopf und aufgerissenen Augen im Viereck der offenen Tür. Ein Zittern läuft über seinen Rücken. «Da ist überhaupt kein Stroh drin», erklärt er, «und statt Grasboden dunkles Eis ... Da ... da rutsche ich aus, breche ein oder ... Büffel dürfen niemals auf Eis. Wenn ich da ausrutsche, kann ich nie mehr aufstehen und muss langsam erfrieren!»

«Es ist Sommer, Schnüffel, du erfrierst nicht. Das ist auch kein Eis, sondern hellgrauer Kunststoff, null rutschig, komm jetzt, bitte!»

«Nein, komm du! Komm wieder raus, bitte, Flo», fleht er.

Na wunderbar! Ich steige aus, stelle mich neben Schnüffel, lege ihm sanft die Hand auf den Nacken und rede auf ihn ein: «Schnüffel, alles ist gut, vertrau mir. Wir werden jetzt gemeinsam da einsteigen. Ich zähle bis drei und dann: schwups, rein mit uns, ja?»

Schnüffel sieht zu mir hoch, nickt.

«Gut! Eins ... zwei ... uuuuund: DREI!»

Ein großer Schritt, ich bin drin. Schnüffel steht immer noch draußen. Wie gelähmt.

«Schnüffel! Wir wollten doch gemeinsam rein, oder?»

«Ja, Flo. Jetzt mach ich's!», verspricht Schnüffel. Wieder läuft ihm ein Schauer über den Rücken.

Ich stelle mich wieder neben ihn. Kraule seinen Nacken und zähle: «Eins ... zweeeei ... uuund ... DREI.» Großer Schritt ... ich bin drin, und Büffel ... ist draußen.

Funktioniert ja prima, toll! Wenn der jetzt nicht einsteigt ... ich kann ihn nicht einfach hier zurücklassen! Das aber bedeutet: Unser Plan ist gescheitert. Ich muss Schnüffel zurück auf die Weide bringen. Das bedeutet, ich verpasse den Schulanfang, das bedeutet, dass Tante Marie-Claire richtig Ärger bekommt.

Und all das zusammen bedeutet, Opaludwig wird derart enttäuscht und sauer sein, dass er mich nie mehr sehen will. Das bedeutet: Nie wieder Wasserbüffelweide, nie wieder Schnüffel.

All dies rast mir in Sekundenschnelle durch den Kopf, ein dicker Kloß in der Kehle lässt mich kaum noch Luft kriegen.

«Pnöööö!», machen die S-Bahn-Lautsprecher. «Pnöööööööö! Achtung, Türen schließen. Zurückbleiben bitte!»

«Schnüffel!», schrei ich verzweifelt. Die Türen zischen. Ich habe keine Wahl: Wie ein Panther springe ich mit einem Satz aus dem Waggon. Während ich durch die

Luft segle, sehe ich, wie Schnüffel in die Gegenrichtung springt. Wir landen gleichzeitig. Er drinnen, ich draußen. Die Türen gleiten von rechts und links aufeinander zu. Ich wirble herum. Sehe hinter den Scheiben Schnüffels verängstigtes Gesicht, seine großen, flehenden Augen. Ich lasse meinen Stiefel nach vorn schnellen, treffe genau zwischen die sich schließenden Türen. Spüre, wie mein Fuß zusammengedrückt wird. Dann gleiten die Türflügel wieder auseinander.

«Geben Sie die Türen frei!», raunzt es aus den Lautsprechern. Schnell schlüpfe ich rein, wir sind wieder eine Herde, mein Schnüffel-Büffel und ich. Nun schließen die Türen endgültig, die S-Bahn fährt los, wir sind auf dem Weg.

Schnüffel,
der Blindenhund

Das bewegt sich ja, das bewegt sich!»

Schnüffel ist entsetzt. «Haaaalt, sofort anhalten!», röhrt er aus Leibeskräften. Breitbeinig stemmt er seine Beinchen in den Boden, kämpft um sein Gleichgewicht. Ich beuge mich über ihn, umarme seinen zitternden Körper.

«Darum sind wir doch eingestiegen, mein Schnüffel, damit es sich bewegt. Wie sollen wir denn in die Stadt kommen, wenn die S-Bahn stehen bleibt?», flüstere ich sanft in sein Ohr.

Er antwortet nicht. «Komm», muntere ich ihn auf, «gehen wir zu den Sitzplätzen.»

Mit einigem Schieben und Gut-Zureden bringe ich Schnüffel dazu, mir in eine der Sitzplatz-Nischen zu folgen. Ich lasse mich auf einem Fensterplatz nieder, Schnüffel steht quer vor mir und starrt auf die vorüberziehende Landschaft.

Ein Moment Friede und Ruhe. Ich bin dankbar dafür. Da sehe ich, dass die Besserwisser-Tante angedampft kommt. Sie setzt sich ausgerechnet mir schräg gegenüber, obwohl noch Hunderte von Plätzen frei sind. Was soll das bedeuten? Bestimmt nichts Gutes …

«So, junges Fräulein!», fängt sie an. «Ich werde mich beim Fahrdienstleiter über dich beschweren. Dein Hund ist nicht angeleint, obwohl das strengstens vorgeschrieben ist. Außerdem trägt er keinen Maulkorb. Und … ha … ha … haaaaa …» Sie legt den Kopf in den Nacken, fummelt ein Tempo aus ihrer Handtasche, hält es sich vor die Nase. «Haaaa … tschie!» Dann faltet sie das Taschentuch einmal, zweimal, drei-, vier-, fünfmal zusammen, bis es fast zum Papier-Würfel wird, und steckt es zurück in die Tasche. «Dein Hund verteilt auch überall seine Haare, ich bin allergisch gegen Hundehaare, dazu kommt, dass er nach Kuh riecht.»

Ich schaue aus dem Fenster und tu so, als ob ich sie nicht hören würde.

«Hallo, junges Fräulein? Was sagst du dazu?»

Offenbar lässt sich die Sache nicht einfach aussitzen. Ich atme einmal kurz durch, reiße mich vom Fensterausblick los: «Erstens: Ich *habe* eine Leine. Hier!» Ich zerre den Kälberstrick aus dem Rucksack, lege ihn locker um Schnüffels Hals. «Sehen Sie? Zweitens: Hunde müssen Maulkorb tragen, weil sie theoretisch beißen können. Der hier ist aber ein Büffel, Büffel können nicht beißen, also: Maulkorb überflüssig. Drittens: Wenn Sie gegen Hundehaare allergisch sind, Glück gehabt, Schnüffel verliert keine Haare und wenn doch, wären es Büffelhaare. Viertens: Dass er so wunderbar nach Kuh duftet, soll bei Büffeln vorkommen, hört man.»

«Komm mir nicht so besserwisserisch, du», droht die Besserwisser-Tante, «damit kommst du bei mir nicht durch. Ich bleibe hier sitzen, ich lasse dich und deinen Hund nicht aus den Augen, bis du aussteigst. Dort übergebe ich dich sofort dem Bahn-Personal!»

«Ist da noch frei?», tönt eine tiefe Stimme über mir. Der Dicke! Jetzt will der sich auch noch zu uns dazuquetschen, Herrgott, warum wollen die alle zu Schnüffel und mir, es sind immer noch Dutzende freie Plätze rundherum, obwohl bei der letzten Station viele Leute zugestiegen sind.

Als ob der Dicke und Schnüffel meine Gedanken gelesen hätten, sagt der Mann: «Ich möchte gerne dein schönes Tier da näher kennenlernen», und der Büffel meint: «Toll, unsere Herde wird immer größer!»

Der Dicke setzt sich ächzend hin. Gegenüber der Besserwisser-Tante, also neben mir. Er legt seine große Pranke auf Schnüffels Rücken und beginnt ihn sanft zu streicheln. Zu meiner Verwunderung lässt sich Schnüffel das ohne Murren gefallen.

«Seien Sie bloß vorsichtig, mein Herr», flötet die Frau, «dieser Hund ist gefährlich und trägt trotzdem keinen Maulkorb!»

«Werte Dame», antwortet der Dicke und guckt sie mitleidig an, «ich weiß zwar nicht genau, was das ist,

aber dass das kein Hund ist, weiß ich. Es sei denn, dies wäre weltweit der erste Hund mit Klauen statt Pfoten.»

Die Frau äugt nach unten, richtet sich wieder auf und schiebt mit dem Zeigefinger die verrutschte Drahtbrille den Nasenrücken hoch. «Das ist mir ganz egal, auch wenn er seltsame Füße haben mag, der Hund ist gefährlich! Und dieses junge Fräulein ...»

«Seien Sie still», knurrt der Dicke mit Bassstimme.

«Wie bitte?» Die Frau glaubt sich verhört zu haben.

«Ich sagte: Seien Sie still», wiederholt der Mann immer noch ruhig, während er unverdrossen Schnüffels Rücken streichelt. Dann wendet er sich zu mir. «Na, sag mal: Was ist das für einer, dein charmanter Freund?»

«Das ist ein Wasserbüffel», gebe ich Auskunft.

«Aha ...», macht der Dicke und nickt mit wichtiger Miene, «ich habe gedacht, die wären größer ...»

«Ist ein junger», erkläre ich.

«Ein Junge?»

«Nein ... ja ... ein Junge ... aber auch ein junger. Ein junger Junge.»

«Ein kleiner Stier! Bin ich auch – im Sternzeichen», murmelt der Mann, jetzt massiert er meinen Schnüffel zweihändig.

«Lassen Sie sich von der bloß nichts vormachen ...», trumpft die Besserwisser-Tante wieder auf. Aber der Dicke unterbricht sie sofort mit einem strengen Blick. Toll, denke ich, der muss nur gucken, um sie abzuschalten, bei ihm funktioniert das prima. Will ich mir auch antrainieren, so einen Blick.

Inzwischen ist der Waggon ziemlich voll. Die meisten Fahrgäste beachten Schnüffel nicht, sie starren auf Handys, haben Ohrstöpsel im Ohr, viele haben sich unter Kapuzen oder hinter Sonnenbrillen versteckt. Nur einige fröhliche Punks kommentieren Schnüffel im Vorbeigehen: «Guck mal, der ist süß» – «So 'ne coole Riesen-Ratte habe ich noch nie gesehen!» Einer der Punks macht das Daumen-hoch-Zeichen in unserer Richtung.

Der dicke Mann streichelt weiterhin stetig über Schnüffels Rückenfell, obwohl er die Augen geschlossen hat. Als ob die Hand ein eigenes, von ihm losgelöstes Wesen wäre.

Die Besserwisser-Tante macht einen spitzen Mund und findet wohl gerade ihre eigenen Beine hochinteressant, jedenfalls starrt sie unentwegt darauf. Mit den Fingern schnippt sie unsichtbare Krümel von den zusammengepressten Knien.

«Flo, ich wusste nicht, dass es so viele Menschen gibt», meldet sich Schnüffel, der sich unter der Streichel-Massage des Dicken total entspannt hat. «So viele … und jeder nur als Einzelner, ohne die kleinste Herde. Schrecklich!»

Bevor ich antworten kann, höre ich vom anderen Ende des Waggons: «Fahrschein-Kontrolle, bitte alle die Fahrscheine bereithalten, danke!»

Na, bin ich froh, dass ich brav für Schnüffel bezahlt habe. Ich fische meinen Schülerfahrausweis und seinen Fahrschein aus dem Rucksack.

Die Besserwisser-Tante klappt ihre Handtasche auf und sucht ebenfalls nach ihrem Ticket. «Na», bemerkt sie ganz hibbelig, «das trifft sich ja gut, da kommt endlich jemand vom Personal. Da kann ich mich gleich über dich beschweren, junges Fräulein! Jetzt werden wir ja sehen, ob dir deine dummen Ausreden noch was nützen.»

Der Dicke hebt nur das linke Augenlid, was sie sofort

verstummen lässt. Zufrieden klappt er das Auge zu, seelenruhig döst er weiter.

Als der Kontrolleur bei uns steht, ist es allerdings vorbei mit der Ruhe.

«Herr Schaffner, Herr Schaffner!», ruft die Besserwisser-Tante und hebt die Hand wie ein streberhaftes Schulmädchen, das die Lösung weiß. «Dieses junge Fräulein hier missbraucht unsere öffentlichen Verkehrsmittel mit einem nicht angeleinten Hund ohne Maulkorb. Ich fordere Sie dringend auf: Schreiten Sie ein!»

«Erst mal die Fahrscheine, bitte», fordert der Kontrolleur mit müder Stimme An seiner Brust prangt ein Schildchen mit dem S-Bahn-Zeichen und seinem Namen: «E. Schicketanz».

«Den Fahrschein?», trillert die Frau. «Aber natürlich, gerne ... hier.» Sie streckt ihm das vorhin gefaltete Papiertaschentuch entgegen, bemerkt den Irrtum und versinkt mit dem Gesicht in ihrer Handtasche, auf der Suche nach dem Fahrschein.

Inzwischen überprüft Herr Schicketanz Schnüffel und mich. «In Ordnung, danke», murmelt er.

«Da, ich hab's!», schreit die Frau begeistert. Sie fördert ein winzig klein gefaltetes Papier-Würfelchen zutage. Umständlich faltet sie es auseinander, will es für Herrn Schicketanz glattstreichen, doch dabei entwischt es ihren nervös flatterigen Fingern und fällt zu Boden, genau vor Schnüffels Vorderbeine. Ehe irgendjemand es verhindern kann, tupft der es mit der Zunge auf und lässt es im Maul verschwinden. Schlupp, weg.

«Er hat ihn gefressen, der Hund hat meinen Fahrschein auf ... Spuck das sofort wieder aus. Pfui, bööööser Hund du, gib her, aus! PFUI!», kreischt die Frau.

«Nun mal mit der Ruhe, meine Dame.» Der Kontrolleur kling extrem müde. «Geben Sie mir einfach Ihren Fahrschein, und alles wird gut.»

«Aber ich habe keinen Fahrschein, der Hund hier ...»

«Sie haben *keinen* Fahrschein?»

«Ich *hatte* einen, aber ...»

«Kein Problem, nun beruhigen Sie sich doch, ich bin ja auch ruhig ... noch.» Herr Schicketanz zückt seinen Quittungsblock. «Dann kriege ich von Ihnen einmal das Ordnungsgeld fürs Schwarzfahren plus den Fahrpreis, bitte. Macht zusammen ...»

«Waaas?», keift sie jetzt los. «Ich denke nicht daran, zu bezahlen, ich ...»

«Sie verweigern die Zahlung der Ordnungs-Strafe?», schneidet er ihr das Wort ab. «Auch gut. Dann werden wir zwei beiden Hübschen an der nächsten Station aussteigen, zur Feststellung Ihrer Personalien.»

«Also das ist doch ...»

Da öffnet der Dicke beide Augen und befiehlt: «Seien Sie sofort still!»

Sie ist sofort still.

Herr Schicketanz bedankt sich beim Dicken, dann wendet er sich an mich. «Und nun zu dir und deinem Hund. Die Schnur da um seinen Hals will ich mal netterweise als Leine durchgehen lassen, aber wo ich kein Auge zudrücken kann: der nicht ordnungsgemäß angelegte, weil fehlende Maulkorb. Das ist ganz klar eine Ordnungswidrigkeit.»

Ich will gerade erklären, dass es sich bei dem Hund um einen Wasserbüffel handelt und dass daher die Hunde-Bestimmungen nicht gelten, als der Dicke mit fester Stimme sagt: «Nicht bei Blindenhunden.»

«Bitte?», fragt Herr Schicketanz.

«Blindenhunde haben keine Maulkorbpflicht. Sonderstatus.»

Jetzt macht der Kontrolleur große Augen. «Oh, Verzeihung», sagt er zu mir, «ich wusste ja nicht, dass du blind ... äh sehbehindert bist ...»

«Ist sie auch nicht», stellt der Dicke fest. «Sondern ich!»

«Bitte?» Herr Schicketanz klingt überhaupt nicht mehr müde.

«*Ich* bin ...»

«Blind?»

«Nein.»

«Sehbehindert?»

«Nein.»

«Ja, was *sind* Sie denn?», ruft Herr Schicketanz.

«Mensch! Ich bin Mensch. Einer, der zwar praktisch nix mehr sehen kann, aber immer noch ein Mensch, ja? Ich bin auf meinen Blindenhund angewiesen, nicht wahr, wir zwei sind ein Sieger-Team, was?»

Er tätschelt Schnüffels Kopf und fährt fort: «Na, und meine Nichte hier ist so nett, uns zum Tierarzt zu begleiten, damit wir uns nicht verlaufen. Wissen Sie, Herr Kontrolleur, der Hund hat nämlich ein Problem mit seinen Pfoten.»

«Aber das ist doch gelogen!», kreischt die Besserwisser-Tante. Sie hüpft vor Aufregung auf dem Sitz hoch und runter, als ob sie Stahlfedern am Hinterteil hätte. «Das junge Fräulein und der Herr gehören gar nicht zusammen, die sind getrennt eingestiegen, das habe ich genau gesehen, die kennen sich nicht die Bohne!»

«Hören Sie doch endlich auf, uns zu belästigen, Sie Besserwisser-Tante!», empört sich der Dicke, er wird jetzt richtig laut: «Wir sind getrennt eingestiegen, weil ich es üben muss, auch ohne Hund zurechtzukommen. Schwarzfahren und dann die Klappe aufreißen, das hab ich gerne. Kehren Sie vor Ihrer eigenen Hütte, und lassen Sie uns anständige Leute gefälligst in Ruhe!»

Die Frau will sich verteidigen, aber Herr Schicketanz lässt ihr keine Chance. Er packt ihren Oberarm mit eisernem Griff, zieht sie vom Sitz hoch und fordert sie mit amtlich scharfer Stimme auf, jetzt mit ihm zu kommen, sonst müsste er die Polizei rufen!

Wir fahren gerade in die nächste Station ein, Herr Schicketanz wünscht uns noch einen schönen Tag und verschwindet mit der Besserwisser-Tante Richtung Ausgang.

Die Türen schließen, der Zug fährt wieder an, durch das Fenster sehe ich die Besserwisser-Tante in aufgeregter Diskussion mit dem Kontrolleur, dann haben wir auch das hinter uns. Uff!

Der Dicke und ich sitzen stumm nebeneinander.

Schnüffel hat sich zu unseren Füßen auf den Boden gelegt.

Verstohlen mustere ich meinen Sitznachbarn von der Seite. Er hält die Augen geschlossen, seine Hände ruhen gefaltet vor dem Bauch. Der hat die Ruhe weg, toll! Wenn ich so einen Vater hätte, denke ich, genau so einen Vater, der mich in Schutz nimmt, der blitzschnell schaltet und sogar irgendwelche Geschichten erfindet, um mich aus der Bredouille zu holen ... Vieles wäre viel leichter. Das würde prima funktionieren, mit so einem runden, großen Papa!

Ich würde gerne wieder mit ihm ins Gespräch kommen, kann aber nicht erkennen, ob er wirklich eingeschlafen ist, oder ...

«Danke», hauche ich versuchsweise in seine Richtung.

«Bitte?», fragt er. «Ach so ... bitte.»

«Ich heiße Flo.»

«Hallo, Flo, ich heiße Schmöller. Aber sag Erwin zu mir. Schön, dass wir uns getroffen haben, du, ich und dein kleiner Freund.» Er bietet mir seine Hand an, ich schlage ein.

«Das war toll, Erwin, dass dir das eingefallen ist, mit dem Blindenhund.»

«Mhm. War nicht schwer.»

«Danke, dass du für mich geflunkert hast.»

«Dich als meine Nichte auszugeben hat mir Spaß gemacht. So 'ne Nichte wie dich wär ja nicht schlecht!»

«Ich meinte, dass du behauptet hast, du wärst blind. Das war voll die krasse Ausrede und hat prima funktioniert. Du musstest nicht mal 'nen Fahrschein zeigen!»

«Du meinst den hier?» Erwin greift in die Innentasche seiner braunen Filzjacke. Er zückt eine grün-orangene Karte. «Schwerbehindertenausweis», lese ich.

«Hintendrauf steht ‹Bl›, das bedeutet ‹blind›», erklärt Erwin, «Blinde brauchen keinen Fahrschein.»

Ich starre ihn an. «Du bist in echt ...»

«Blind, ja.»

«Aber ich hab nichts bemerkt, du bewegst dich ja ganz normal ...»

«Tja, Übung macht den Meister!»

Ich bin vor Staunen völlig von der Rolle. «Aber Erwin, woher hast du gewusst, dass Schnüffel kein Hund ist, wo du ihn doch gar nicht sehen kannst?»

«Ich sehe mit den Händen. Ist ein hübscher Kerl, dein Schnüffel.«

«Mann, das haut mich um!», stöhne ich. «Entschuldige, dass ich dachte, das mit dem Blindsein wär erfunden ... Aber wie du die Besserwisser-Tante nur mit deinem Blick zum Schweigen gebracht hast ... ha, wenn die geahnt hätte, dass du sie gar nicht siehst!»

Erwin gluckst fröhlich.

Wir schweigen ein Weilchen vor uns hin, freuen uns, jeder für sich, dass der andere da ist.

«Du, Erwin?»

«Hmm?»

«Mir kommt seltsam vor, dass ich dich genau ansehen kann, du aber umgekehrt nicht weißt, wie ich aussehe.»

«Ich hab ein klares Bild von dir, Flo. An deiner Stimme höre ich: Du bist nett. Ungefähr im Gymnasium-Alter. Ich kann riechen, dass du auf dem Lande warst: ein leiser Duft nach Wiese. Vermutlich warst du auf 'nem Bauernhof, da weht so ein Hauch von Milch, Kuh und Hund zu mir herüber. Wenn ich richtig gehört habe, hast du Stiefel an den Füßen, und irgendetwas knistert, wenn du den Kopf bewegst ... kann es sein, dass du einen Strohhut aufhast und dass der manchmal leicht an der Sitzlehne scheuert?»

«Voll ins Schwarze getroffen, Erwin, stimmt alles! Aber wie weißt du, ob ich den Kopf bewege oder nicht?»

«Das höre ich, wenn du redest. Deine Stimme klingt verschieden, wenn du in meine Richtung sprichst oder zum Fenster hin oder nach vorn.»

«Du hast's echt drauf!», rufe ich bewundernd.

«Danke für die Blumen», sagt Erwin. «So, an der nächsten Station muss ich raus. Danke für die Gesellschaft. Du bist in Ordnung, kleine Flo. Macht's gut, ihr beiden ... man sieht sich.»

«Man hört und riecht sich!», lache ich.

«Mhööö», ruft Schnüffel.

Erwin erhebt sich und marschiert in kurzen, aber sicheren Schritten zwischen den Sitzbänken den Gang runter. Die Leute machen instinktiv Platz. Erst jetzt fällt mir auf, dass Erwin sehr diskret nach den Sitzen tastet, um nicht von seiner Route abzukommen.

Als wir an ihm vorbeirollen, sehe ich, wie er auf dem Bahnsteig ein weißes Teleskop-Stöckchen auseinanderzieht und damit den Boden abtastet. Er blickt auf, zum abfahrenden Zug und hebt die Hand. Obwohl Erwin es nicht sehen kann, winke ich zurück. Ich weiß: Er fühlt es.

Die Schülerweide

Das hier?», fragt Schnüffel staunend.

«Ja», bestätige ich.

«Das ist die Schülerweide?», wundert sich der kleine Büffel. «Ich meine: Das ist deine Schule?»

Ich breite die Arme aus und lasse sie resigniert runterfallen. Wir stehen vor dem hohen Zaun, der das Schulgelände vom Rest der Welt abschottet, als sei die Schule ein Raubtier-Gehege.

Wir sind zu früh dran, noch liegt der Schulhof leer wie eine Wüste da. Hausmeister Schulz kommt einsam herangeschlurft. Mit seinem Schlüsselbund klimpernd, überquert er den Asphaltplatz. Er erreicht das breite Zaun-Tor, schließt es auf und öffnet den linken Torflügel. Darauf ist in goldener Schrift zu lesen: «ÉTUDIEZ POUR LA VIE!» Gemächlich zieht er den Torflügel nach innen, bis er am im Boden einbetonierten Tor-Stopper einrastet, exakt im 90-Grad-Winkel. Dann macht er das Gleiche mit dem rechten Torflügel, auf dem derselbe Spruch steht, nur auf Deutsch: «LERNET FÜR DAS LEBEN!» Schließlich schlendert er Richtung Schulhaus

und öffnet das schwere Eichenholz-Tor, bevor er dahinter verschwindet.

«War das der Leitbulle?», fragt Schnüffel.

«Nein, das war der Hausmeister. Aber er denkt, er sei der Leitbulle.»

«Dann lass uns doch reingehen, das Weidetor steht offen! Nur bitte, liebe Flo, nimm vorher diesen lächerlichen Kälberstrick von meinem Hals, der ist so was von peinlich. Ich will auf keinen Fall, dass deine Herde mich so sieht. Wie ein angeleinter Hund.»

Schnüffel hat recht. Freunde bindet man nicht mit einem Strick an sich. Andererseits: Auf dem Weg von der S-Bahn zur Schule war der Strick für Schnüffel schon ganz hilfreich. Kaum sind wir aus der S-Bahn gestiegen, wollte er zurück, fast wäre er auf die Schienen gesprungen aus lauter Angst vor der Rolltreppe. Nur mit Mühe konnte ich ihn festhalten. Als wir es glücklich geschafft hatten, die Station über die normale Treppe zu verlassen, lief er nach rechts los, obwohl wir nach links mussten. Bei der großen Kreuzung verfiel er zuerst in Schockstarre, weil ihn Hunderte von Autos, Bussen, Lastwagen, Mofas, Fahrrädern und noch mehr Fußgängern mit und ohne Kinderwagen oder Hunden oder Rollkoffern völlig überfordert haben.

Nachdem er sich vom gröbsten Schreck erholt hatte, trappelte er halbwegs gesittet neben mir her, brav auf dem Gehsteig – bis wir am Verkaufsstand eines Gemüsehändlers vorbeikamen, wo Schnüffel seine Beinchen in den Boden stemmte und keinen Schritt weiterwollte. Er schnüffelte wie wild an den Bananen rum, steckte seine Nase in die Trauben-Kistchen, entdeckte als Nächstes den Blumenkohl und entschied sich schließlich für die Petersilie-Sträußchen, die liebevoll in viele kleine Blumentöpfchen gebettet waren. Schnapp, schon hatte er drei ganze Sträußchen im Maul. Nicht gerade zur Freude des Verkäufers hinter dem Verkaufsstand.

«He!», schrie er, und mir blieb nichts anderes übrig als zu fragen: «Äh … was kostet die Petersilie?»

Du merkst: Schnüffel hat sich nicht eben als total stadttauglich erwiesen. Darum der Strick. Aber jetzt sind wir ja da.

Ich streife das Seil von Schnüffels Hals, rolle es zusammen, stopfe es in den Rucksack. «Aber eines musst du mir versprechen, mein Freund.» Ich blicke tief in seine schönen schwarzen Augen.

«Was denn?», fragt er.

«Dass du mir nicht von der Seite weichst. Egal, was passiert.»

«Geht klar!», sagt Schnüffel. Und damit trappelt er los.

Ich setze mich auf die Steintreppe vor dem Schulhaustor. Genau an derselben Stelle wie vor den Ferien, als ich auf Tante Marie-Claire gewartet habe. Bald werden die Prinzessinnen und Prinzen anrücken, samt ihren wichtigen und wohlhabenden Eltern. Aber diesmal bin ich nicht als Einzige allein hier, diesmal habe ich Familie dabei. Eine Herde. Zwar nur eine Zweier-Herde, aber immerhin. Zur Hälfte sogar eine original Wasserbüffel-Herde! Wer kann das schon von sich behaupten? Ich freu mich schon auf die Gesichter der anderen, wenn sie nicht mehr die «Tine-Trine» antreffen, sondern Flo, die Wasserbüffel-Besitzerin.

Liebevoll betrachte ich Schnüffel, der seitlich auf dem Asphalt liegt, die Beinchen weit von sich gestreckt, den Kopf reglos auf dem harten Boden. Er ist ziemlich geschafft. Ein Fremder in einer Welt aus Beton und Stein. «Wir beide schaffen das», murmle ich, «ganz bestimmt!» Meine Hand schiebt sich in Schnüffels Fell. Ich schließe die Augen. Schlafen wäre jetzt wunderbar.

«Sieht aus, als hättest du die ganzen Ferien auf dieser Treppe verbracht», ruft da jemand. «Hallo, Flo!» Ich blicke hoch. Ringelhemd, Hochwasserhose, schwarze Strubbel-Haare: Schanti! Wie aus dem Nichts steht er grinsend vor Schnüffel und mir.

«Ha... hallo ...», stammele ich, «hab gar nicht bemerkt, dass du gekommen bist ...»

Schanti starrt ungläubig auf den kleinen Wasserbüffel. Er kneift die Augen zusammen, reißt sie wieder auf, verzieht sein Gesicht, als ob er Zahnschmerzen hätte.

«Ich muss sofort ins Irrenhaus», stöhnt er, «ich leide an Halluzinationen! Ich sehe einen ... also lach mich jetzt bitte nicht aus, aber ich sehe einen Wasserbüffel!»

Ich steige in sein Spiel ein, erhebe mich und mache einen auf Frau Doktor Irrenhaus.

«Na, junger Mann», sage ich blasiert, «dagegen ist ja grundsätzlich nichts einzuwenden. Aber was mir wirklich große Sorgen macht, mein Herr, ist, dass Sie sich einbilden, sich das einzubilden. Ihre Vision ist nämlich echt, Sie armer Irrer.» Ich grinse ihn an.

«Der Büffel ist *echt?*» Schanti schauspielert großes Staunen. «Darf ich mal anfassen?»

«Er mag es nicht, von Fremden angefasst zu werden, bedaure, mein Herr», sage ich streng.

«Na, dann machen Sie mich doch bitte mit ihm bekannt, Frau Professor Irrenhaus, damit ich kein Fremder mehr bin.»

«Na gut!», sage ich gnädig. Ich deute auf Schnüffel und sage zu Schanti: «Schanti, das ist Schnüffel.» Dann weise ich auf Schanti und sage zu Schnüffel: «Schnüffel, das ist Schanti.»

Statt Schnüffel zu begrüßen, fasst sich Schanti an den Kopf, verdreht die Augen so weit nach oben, dass ich nur noch das Weiße sehe.

«Frau Professor!», stöhnt er in übertriebener Verzweiflung. «Jetzt leide ich auch noch an Gedächtnisschwund. Es will mir nämlich nicht einfallen, wer dieser gewisse ‹Schanti› sein soll, den Sie dem Büffel soeben vorgestellt haben. Ich bin es jedenfalls nicht, denn ich heiße Ren!»

Sofort falle ich aus meiner Rolle. «Verflixt, Schan … ich meine Ren! Entschuldigung, ich dachte nicht, dass du mit dem neuen Namen wirklich Ernst machst …»

«Warum nicht?»

«Na ja, ich dachte, du hättest das nur gesagt, um mich zu trösten oder so, ich … ach, keine Ahnung.»

«Flo, ich habe das nicht gesagt, um dich zu trösten,

sondern damit ich nicht ähnlich heiße wie Chantille, die ich nicht besonders toll finde. Sondern wie der Mittelteil des Namens eines Mädchens, das ich besonders toll finde. Einer gewissen ‹*Flo-ren-tine*›, die sich aber nur ‹*Flo*› nennt. Und sich schrecklich ärgert, wenn sie von den anderen ‹*Tine*› genannt wird.»

Hat er wirklich gerade gesagt, er würde mich besonders toll finden? Mir wird heiß im Gesicht, bestimmt werde ich gerade wieder mal rot. Mist! Die ganzen Ferien lang bin ich nicht *ein Mal* rot geworden. Kaum bin ich hier, geht das schon wieder los.

Um von meiner Verlegenheit abzulenken, stelle ich die beiden einander noch einmal richtig vor: «Ren, das ist Schnüffel, Schnüffel, das ist Ren.»

«Sehr erfreut, dich kennenzulernen, Schnüffel!», sagt Ren. «Du erinnerst mich an die Zeit, als ich noch ein kleines Kind war. In meiner Heimat hat fast jeder Wasserbüffel gehabt. Ihr seid tolle Tiere!»

Schnüffel schmiegt sich an seine Beine und lässt sich genüsslich von ihm knuddeln. Wie schnell die beiden einen Draht zueinander gefunden haben, ich staune. Als ob sie sich nicht eben erst kennengelernt hätten, sondern schon vor Ewigkeiten. Jetzt vergräbt Ren sein Gesicht in Schnüffels Fell.

«Dieser Duft!», jubelt er. «Jetzt merke ich erst, wie sehr mir das gefehlt hat!»

Während ich etwas verloren neben Ren und Schnüffel

stehe, schweift mein Blick über den Schulhof und ... da seh ich sie. Sie kommen im Pulk. Die haben sich vorab beim Schüler-Kiosk um die Ecke getroffen, um jetzt als geschlossene Horde in den Hof einzumarschieren.

«Achtung, sie kommen!», entfährt es mir. Ren und Schnüffel folgen meinem Blick.

Die anderen nähern sich plaudernd und lachend. Ich kenn das schon: Nach den Ferien muss jede und jeder seine tollen Urlaubsgeschichten erzählen. Alle prahlen rum, in welchen Luxus-Ferien-Clubs sie so unglaublich braun geworden sind, wie viele tausend Kilometer sie geflogen sind, was sie Phantastisches erlebt haben, wie viele neue Freunde sie gefunden haben ... Jeder gibt mit seinem Urlaub an, was das Zeug hält, keiner hört dem anderen zu.

«Das sind also die berühmten Tussen und Schnösel?», fragt Schnüffel-Büffel.

«Ja, das sind die Tussen und Schnösel», antwortet Ren. Hä? Versteht der etwa Schnüffel-Büffel-Sprache? Opaludwig und Bauer Werner hören immer nur «mhööööö», wenn Schnüffel redet. Und Ren kriegt wirklich mit, was Schnüffel sagt? Kann doch nicht sein. War bestimmt nur Zufall.

«Die tun ja bloß so, als würden sie zusammen sein», stellt Schnüffel fest. «Die haben gar keine Ahnung von Herden-Verhalten. Das ist nicht anders als bei den Menschen in der S-Bahn: alles Einzelne.»

Jetzt bleiben sie stehen, starren mit offenen Mündern zu uns herüber. Das Geplapper ist verstummt.

Als Erstes fasst sich Chantille: «Ich glaub, ich bin in Indien. Da steht tatsächlich ein Wasserbüffel!»

«Wasserbüffel?», schnaubt Robert verächtlich. Nervös fingert er an seiner Khaki-Hose rum. «Büffel sind viel größer und extrem gefährlich. Das ist ein Wasserbock. Genau diese Antilopen-Art habe ich auf unserer Safari gesehen.»

«Erzähl keinen Unsinn!», faucht Chantille ihn an. «Das ist ein Wasserbüffel-Baby! Wir haben in Indien auf einer Wasserbüffel-Farm ...»

«Ranch!», mischt sich Xavier ein. Er hat zur Feier des ersten Schultages passend zu den ockerfarbenen Hosen ein knallgelbes Seidentuch im Jackett stecken. «Es heißt ‹Ranch› wenn auf der Farm Kühe sind, nur ohne Kühe sagt man der Ranch ‹Farm›.»

«Falsch, Robert!», flötet nun Florence. Sie legt die Hände an den Kopf, um auf ihr funkelndes Glitzerhaarband aufmerksam zu machen. «Ich kenn eine Fernsehsendung mit Wasserbüffeln, die heißt ‹Die Wasserbüffel-FARM› ...»

Joséfine schüttelt den Kopf, dass ihr die dünnen Zöpfchen nur so um die Ohren fliegen:

«Leider, liebe Freunde, haben wir es hier nicht mit einer TV-Fiktion zu tun, sondern mit dem echten Leben. Wie ihr seht, ist neben dem Tier da ein wohlbekannter Strohhut zu sehen. Der gehört, wie ich mich leider erinnere, unserer Blümchenkleid-Trine.»

Inzwischen umringen sie uns sehr nah. Und die Wortmeldungen werden chaotisch, darum schreibe ich sie dir so auf, wie in dem Theaterstück, das wir in der Schule mal gelesen haben:

Chantille (*scheinheilig flötend*)

«Ja, hallo, Tine! Na? Hast du da ein Souvenir mitgebracht, von deinem Provinz-Opa?»

Florence

«Pass bloß auf, dass dir die Antilope nicht den Strohhut frisst. Sonst hast du das Stroh nur noch *im* Kopf, aber keines mehr *drauf.*»

Alle *Gelächter*

Chantille (*mit Augenaufschlag zu Ren*)

«Hallo, Schanti, du stammst doch aus dem Wasserbüffel-Land, nicht wahr? Bitte erkläre diesem Möchtegern-Wild-Life-Typen (*zeigt auf Robert*), dass es sich hier um ein Wasserbüffel-Junges handelt ...»

Xavier (*unterbricht Chantille, schaut zu Ren*)

«Ach, dann ist das *dein* Vieh? Ha ... verstehe: Familien-Nachzug, was? Ha ... der war gut, was? (*wendet sich an die Tussen*) Versteht ihr, Mädels, Familiennachzug ... weil unser dunkelhäutiger Freund hier doch auch aus ... ha, versteht ihr, ja? Ha ... haha.»

Schnüffel-Büffel (*laut zu mir*)

«Soll ich diesen gelbbeinigen Kerl über den Haufen ...»

Ich (*aufgeregt*) «Um Himmels willen, bleib ruhig, Schnüffel, bleib ruhig!»

Joséfine

«Schnüffel? (*zu den anderen:*) Habt ihr das gehört, das Tier heißt Schnüüüüüffel, ach wie süüüüß! (*höhnisch zu mir:*) So nannte ich meinen rosaroten Plüüüschhasen, als ich noch ein kleines Baby war. Was hast du dir denn bei *diesem* Namen gedacht, also wirklich, Tine ...»

Xavier (*verwirrt*)

«Wieso ... äh ... das ist doch dem Schanti sein Tier ... warum hat ihn dann Tine getauft ...»

Christine (*richtet sich die Dauerwelle*)

«Also ich finde, das Vieh sieh nett aus, aber es stinkt nach Kuhstall. Wähh!»

Chantille (*zu Ren, streng:*)

«Schanti, ich habe jetzt recht, oder nicht? Das ist doch ein Wasserbüffel?»

Robert (*legt die Hand kumpelhaft auf Rens Schulter*)

«Komm schon, alter Knabe, klär die Tusse auf, sie schmachtet sehnsüchtig auf dein Wort als Mann.»

Xavier (*baut sich vor Ren auf, spöttisch*)

«Ja, raus mit der Sprache, falls du noch Deutsch kannst: Wasserbüffel oder Dingsbums-Antilope? Schlitzauge wie du, oder normaler Neger?»

Ren verengt seine Augen jetzt wirklich zu Schlitzen. Sein Blick wird scharf, er fixiert Xavier. Mit einer blitzschnellen Bewegung wischt er Roberts Hand von seiner Schulter. So kraftvoll, dass sie, klatsch, in Xaviers Gesicht landet. Xavier steht da wie vom Donner gerührt, mit offenem Mund. Es vergehen mehrere Sekunden, bis er begreift, dass er soeben eine saftige Ohrfeige kassiert hat. Womöglich die erste seines Lebens. Und dass das mit Schmerz verbunden ist, schlimmer noch: mit Erniedrigung. Das darf er auf gar keinen Fall auf sich sitzenlassen.

«Du hast mich geschlagen!», brüllt er Ren an. Die Mädchen weichen ängstlich zurück, einige halten sich die Hand vor den Mund. Doch keine will auch nur eine Millisekunde der Sensation, vielleicht gar der Schlägerei, die sich hier anbahnt, verpassen. Lüstern reißen sie die Augen auf und warten auf Krieg.

«Ich hab dich nicht geschlagen.» Ren bleibt ganz ruhig, als ob ihn Xaviers Geschrei gar nichts anginge. «An einem wie dir mach ich mir nicht die Hände schmutzig.»

Wie ein gereizter Marder blickt Xavier zwischen Ren und Robert hin und her. Dann dreht er sich zu Robert um: «Du hast mich mit deiner Hand voll getroffen!», kreischt er mit sich überschlagender Stimme.

«Ich?» Roberts Gesichtsausdruck ähnelt dem eines Hunde-Welpen, der auf den Teppich gemacht hat. «Äh, sorry, Xavier, das war äh, ich wollte doch nicht … Sei vernünf…»

Weiter kommt er nicht. Xavier geht auf ihn los, wie ein wildgewordener Mähdrescher. Robert stolpert rückwärts. Dabei packt er Xavier am Jackett, stürzt trotzdem rückwärts zu Boden, zieht Xavier mit sich, und schon wälzen sich die beiden auf dem Asphalt. Die Tussen kreischen. Manche anfeuernd, andere nach den Lehrern, Florence nach der Polizei, Chantille nach Blut.

Das ist der Moment, wo es Schnüffel nicht mehr hält. Er rast los, wie er das auch in seiner Herde tut, wenn zwei Jungbullen rangeln. Er galoppiert Richtung Zaun-Tor, dreht kurz davor nach links ab, kommt in weitem Bogen zurück, zieht eine Spirale um die kreischende Gruppe und die prügelnden Jungs. Dabei ruft er aus Leibeskräften: «Eine Herde! Bildet eine Herde!»

Völlig außer Puste kommt er wieder zum Stehen, genau zwischen Ren und mir.

Plötzlich dringt die Alarmsirenenstimme von Mademoiselle de la Pêche herüber:

«*Qu'est-ce qui se passe*, was ist da los? Sofort aufhören! *Détendez-vous*, Ruhe!»

In Windeseile überquert sie den Schulhof. Sie streift sich die Ärmel ihres sahneweißen Strickjäckchens hoch, durchbricht den Kreis der Schaulustigen und geht direkt neben den Prügel-Jungs in Stellung.

«Xavieeeeer! Robeeeert!» Sie stemmt ihre Arme in die Taille. «'ört sofort damit auf!»

Robert und Xavier aber kriegen in der Hitze des Ge-

fechts überhaupt nichts mit und prügeln sich munter weiter.

Die Pfirsich ist total überfordert.

«Monsieur Schuulz, Monsieur Schuuuuulz!», gellt ihre Stimme über den Hof. Und wie der Geist aus der Wunderlampe taucht der Hausmeister jetzt im Schultor auf. Er überblickt die Lage sofort, schiebt sich routiniert die Trillerpfeife in den Mund, pustet aus Leibeskräften hinein. Der durchdringende Ton lässt den Lärm meiner Mitschüler schlagartig verstummen. Nur Schnüffel springt vor Schreck fast in die Luft.

Schulz schlendert lässig heran, packt mit der einen Hand Robert am Safarihemd-Kragen, mit der anderen Xavier am Schlafittchen seines Jacketts, zieht beide gleichzeitig hoch und stellt sie auf die Beine. «Mitkommen», befiehlt er, «zur Direktion.» Dann, ohne den Nackengriff zu lockern, schiebt er die beiden die Treppe rauf und ab ins Schulhaus.

«*Alors!*», sagt Mademoiselle de la Pêche. «Und nun zu diesem ... diesem Tier!» Ihr Zeigefinger stichelt in Richtung Schnüffel. «Wie kommt das 'ier 'er?»

«Zu Fuß, dann S-Bahn, dann weiter zu Fuß», gibt Schnüffel brav Auskunft.

»Mademoiselle de la Pêche!», kreischt Chantille. Sie schnippt mit dem Finger und hüpft dabei vor Aufregung wie ein Gummiball. «Als wir hier ankamen, waren Tine und Schanti schon hier. Mit diesem Tier da.»

«Merci, Chantille», sagt die Pfirsich. «Also, wer von euch beiden 'at sich erlaubt, das Tier mit in die Schule zu bringen? Obwohl 'ier absolutes Tier-Verbot 'errscht!» Ihr Blick blitzt auffordernd zwischen Ren und mir hin und her.

«Ich!», sage ich.

«Ich!», sagt Ren. Ich schaue ihn verwirrt an. Warum …

«Ihr beide?», fragt die Pfirsich.

«Nein», rufe ich.

«Ja!», ruft Ren gleichzeitig.

Er fährt fort: «Es ist meine Schuld, Mademoiselle de la Pêche, ich habe Flo dazu überredet, mir zu helfen, Schnüffel mitzunehmen.»

«Schnüffel? Das ist vermütlich der Name von diese …»

«Wasserbüffel, er ist ein junger Wasserbüffel ...», ergänzt Ren.

«Erkläre mir, wie bist du gekommen auf diese *idée folle*, diese verrückte Idee!»

Mir steht der Mund offen! Ren lenkt den Zorn der Pfirsich voll auf sich selbst und damit auch die unvermeidliche Strafe! Er verteidigt mich, redet sich damit aber gerade um Kopf und Kragen. Das kann ich nicht zulassen, ich muss die Sache richtigstellen, sofort.

«Fräulein Pfirsi ...», fange ich an, aber Ren ist schneller.

«Wegen des Vortrags!», ruft er.

«Wie? Welcher Vortrag?», will die Pfirsich wissen.

«Na ja, den Vortrag über meine Heimat, Nepal. Den soll ich doch ... äh ... heute in Erdkunde halten, bei Monsieur Berchthold. Und da dachte ich, so ein junger Wasserbüffel ist vielleicht als Anschauungs-Material perfekt, weil ich mit Wasserbüffeln aufgewachsen bin.»

«Aaah ...?» Die Pfirsich mustert Ren misstrauisch. «Wo 'ast du es 'er, dieses Wasserbüffel-*bébé*?»

«Woher? Äh ... das habe ich mir von Flo ausgeborgt, weil ...»

«Wirklich?» Sie wendet sich an mich «Du 'ast einen Wasserbüffel zu Hause?»

«Ja. Also nein. Also zu Hause in meinem äh ... Land-Zuhause bei Opaludwig», erkläre ich. «Opaludwig hat nämlich Bauer Werner als Nachbarn, und auf seiner

Weide hab ich das Kalb gefunden, weil Werner gerade verreist war, und es hatte keine Mutter, wie ich, und wäre fast gestorben, aber dann haben wir das Fläschchen geholt und es mit dicken Decken von Ludwig warm gemacht, und als Lotte mit Werner ohne Schatten zurück war, hat er mir Schnüffel geschenkt, und jetzt zahle ich ihm viel Geld für die Haltung, aber er zahlt mir genauso viel für den Leitbullen, der Schnüffel ist, und zusammen sind wir eine Herde und …»

«*Tais-toi*, Schluss!», schneidet mir die Pfirsich schrill das Wort ab. Sie hält sich die Hände an die Ohren, wie ein kleines Kind, das Schelte kriegt.

Ich spüre Rens Hand auf meiner Schulter. Angenehm. Warm. Beruhigend. Überrascht merke ich: Ich komm gut damit klar, wenn er seine Hand auf mir liegen lässt. Funktioniert prima.

«Lass mich einfach machen», raunt Ren.

Dann lass ich ihn eben einfach machen.

«*Attendez*!», verkündet jetzt die Pfirsich. «Wenn Monsieur Bercht'old das Tier angeordnet 'at, erlaube ich diese Ausnahme. Aber ihr zwei …» Sie fährt wieder den Zeigefinger aus, was mich sofort an das Pfirsich-Monster aus meinem Albtraum erinnert … «… ihr zwei seid mir persönlich verantwortlich dafür, dass der Unterricht in keiner Weise beeinträchtigt wird. *Compris?*»

«Jawohl, verstanden, Mademoiselle de la Pêche», antwortet Ren mit fester Stimme.

«Florentine?»

«Ja», antworte ich leise

Lange starrt mich die Pfirsich an. Dann dreht sie sich zum Schulhaus und verschwindet durch das Tor.

Die anderen Mädchen haben die ganze Zeit versucht, zwar dabei zu sein, um auch nicht das Allerkleinste zu verpassen, sich aber zugleich möglichst unsichtbar zu machen. Kaum ist die Pfirsich weg, verwandeln sie sich in einen aufgeregt schnatternden Ren-Fanclub.

Chantille (*schwärmerisch*)

«Ach, das Tier war *deine* Idee, Schanti? Wie toll, ich freue mich auf den Vortrag, der wird sicher hochinteressant!»

Joséfine (*entzückt*)

«Es ist sooo süß, dein Wasserbüffelchen, Schanti!»

Ren (zeigt *auf mich*)

«Nicht meiner, er gehört Flo!»

Joséfine (*zu mir*)

«Unglaublich, Flo! Wie toll für dich! Hast du ein Glück, dass Schanti dir geholfen hat …»

Florence (*schiebt sich zu Ren*)

«Echt, Schanti, du bist mit Wasserbüffeln aufgewachsen? Kennst du den Film ‹Der mit dem Wolf tanzt›? Schanti, du bist für mich ‹Der mit den Wasserbüffeln tanzt!› Das ist ja sooo aufregend …» (*lächelt Ren aufreizend an*)

Ich (*böse*)

«Kannst ja mittanzen, als Glitzer-Kuh!»

Ren (*verwirrt*)

«Ich tanze doch gar nicht ...»

Christine (*zu mir*)

«Also ich finde Schnüffel sehr, sehr süß. Ich beneide dich!»

Florence

«Ja, würde ich auch, wenn er nicht so nach Kuhstall riechen würde ...»

Christine (*an alle*)

«Tut er gar nicht.»

Chantille

«Er riecht nicht nach Stall, sondern nach Tine!» (*kriegt sich fast nicht mehr ein vor Lachen*)

Christine (*zu Chantille*)

«Nein, jetzt duftet er nach ...»

Ren (*zu Chantille*)

«Wer soll ‹Tine› sein? Falls du damit Flo meinst, die duftet nach Wiese.»

Christine (*lächelnd für sich*)

«Jedenfalls nicht nach Chanel N° 5, wie ich und der süße kleine Büffel.» (*hält ein Sprüh-Fläschchen Eau de Toilette hoch*)

Chantille (*zirpend zu Ren*)

«Natürlich, lieber Schanti, natürlich, das meinte ich doch: nach Kuh-Wiese.»

Christine (*glücklich*)

«Schnüffel trägt jetzt denselben Duft wie ich ...»

Ren (*abweisend zu Chantille*)

«Wer soll jetzt wieder dieser Schanti sein? Ich kenn den nicht ...»

Chantille (*erstaunt*)

«Aber du ...»

Ren (*bestimmt*)

«Ich heiße Ren. Schon seit Wochen!»

Alle Tussen (*wild durcheinander*)

«Ren? Seit wann? Wieso? Warum Ren? Das ist ja ... Also wirklich ... sollen wir jetzt Ren zu dir sagen ...» *Etc.*

Ren (*in meine Richtung deutend*)

«Wenn Flo ‹Ren› zu mir sagt, genügt mir das vollkommen. Wie ihr mich nennt, ist mir egal. Aber schön wär's, wenn ihr euch merken würdet, dass sie Flo heißt und nicht Tine. Und der hier heißt Schnüffel ...»

Ren schaut nach links, er schaut nach rechts, schaut hinter sich, dann wieder nach vorn. Seine Augen weiten sich, sein Kiefer klappt ungläubig nach unten, er schreit: «Wo ist Schnüffel?»

Schnüffel ist verschwunden. Einfach weg.

«Nein!», stoße ich hervor. Ich spüre, wie nackte Panik in mir hochschießt. «Das darf nicht ... das kann nicht ... das ist nicht wahr!», peitscht es mir durch den Kopf. Meine Augen hetzen über den Schulhof. Ich sehe die ratlosen Gesichter der Mädchen, nehme wahr, wie Ren davonspurtet, fixiere die Schatten des Buschwerks da drüben: nichts ... im Sand unter den Kletterstangen: nichts ... Bei den Bänken gegenüber: nichts ... Nirgends erlöst mich der Anblick eines dunkelfelligen Kerlchens mit dünnen Beinchen, riesigen Ohren und einer schwarzen Nase.

Ich starre zum Zaun, zum weit offenen Tor. Der wird doch nicht da rausgelaufen sein? Er hat mir doch versprochen, mir nicht von der Seite zu weichen. Egal, was passiert! Der kann nicht weg sein. Ruhig, Flo, rede ich mir zu, ganz ruhig, gleich kommt er dir fröhlich entgegengetrappelt. Der ist nur ein wenig herumgestreunt. Hinters Schulhaus oder so ... klar, dort bei den Fahrradständern ist er, ganz bestimmt. Ich laufe los.

Kaum biege ich um die erste Ecke, braust mir Ren auf seinem Fahrrad entgegen. «Dahinten ist er auch nicht. Los, steig auf!»

«Aber ...»

«Flo, steig auf, wir suchen ihn per Fahrrad, so sind wir schneller als er. Weit kann er nicht sein.»

Ich schwinge mich auf den Gepäckträger, und Ren tritt in die Pedale.

Ren und ich flitzen gerade durch das große Zaun-Tor, da bremst er ab. Er dreht sich nach hinten zu mir: «Links oder rechts?»

«Links», entscheide ich. «Nein, warte: lieber rechts! Oder doch besser li... ach, er kann ja überall hingelaufen sein ...»

«Wenn du zwischen zwei Eingebungen schwankst, nimm die erste ...», sagt Ren, er startet nach links.

Büffeljagd

Ich klopfe Ren mit der flachen Hand auf den Rücken: «Halt an, ich kann nicht mehr.»

Mir ist speiübel.

Wir sind bestimmt seit über einer Stunde alle Straßen der Umgebung abgefahren. Ich habe nach Schnüffel geschrien, bis ich heiser wurde. Vor jeder neuen Ecke die Hoffnung, dass wir ihn gleich sehen werden. *Nach* jeder Ecke wieder die Enttäuschung: kein Schnüffel. Ich weiß nicht, bei wie vielen Menschen wir gefragt haben: «Haben Sie vielleicht einen kleinen Wasserbüffel gesehen?»

Die meisten antworteten nicht mal, manche machten noch dumme Witze.

«Nö, ein Bier-Büffel wäre mir aufgefallen, aber einer aus Wasser ... haha», oder: «Schaut doch mal im Hallenbad nach ... hahaha.»

In alle Gemüse-Geschäfte, an denen wir vorbeikamen, bin ich rein und habe gefragt, ob vielleicht ein kuhartiges junges Tier Gemüse stibitzt hätte. Die Verkäufer tippten sich nur an die Stirn.

Ren lässt das Rad sanft ausrollen, ich springe vom Gepäckträger und plumpse sofort auf einen Betonpoller am Straßenrand. Am liebsten würde ich mich übergeben. Geht aber vor Ren nicht. Also Würg-Reiz unterdrücken und volle Konzentration auf die Atmung. Tief ein – anhalten – langsam aus. Wieder tiiief ein – halten – und aaaaus. Ich kann mich nicht erinnern, mich jemals so matt gefühlt zu haben. Nicht mal, als ich Schnüffel damals unterm Busch gefunden habe und dachte, er stirbt jetzt, nicht mal da war es so schlimm wie jetzt. Was ich nämlich damals *nicht* hatte, aber was mich jetzt runterzieht wie ein Blei-Overall, das ist mein schlechtes Gewissen. Was habe ich da angerichtet? Wie bin ich bloß auf die bescheuerte Idee gekommen, Schnüffel in die Stadt mitzuschleppen, ihn aus seiner Herde zu reißen? Nur weil ich keine Lust hatte, den Tussen und Schnöseln aus meiner Klasse wieder alleine ausgeliefert zu sein. Stundenlang könnte ich mich ohrfeigen, so bescheuert ist das, worauf ich noch heute Morgen so stolz gewesen bin.

Und nun habe ich Schnüffel verloren. Den treuesten Freund, den ich je hatte. Unaufhörlich spielt mir mein inneres Katastrophen-Kino Horrorszenen vor, die nicht auszuhalten sind:

Szene eins: Schnüffel galoppiert verzweifelt durch die Stadt, von Panik getrieben, immer weiter und weiter, bis er schließlich einsam und erschöpft zusammenbricht.

Szene zwei: Schnüffel, blutüberströmt, ist von Polizisten umringt. Sie halten ihn für ein Wildschwein und schießen mit Pistolen auf ihn.

Szene drei: Schnüffel, verwirrt, orientierungslos auf dem Mittelstreifen der Stadtautobahn. Er schreit nach mir, nach Gandhi, nach Kunga, nach irgendwem, Hauptsache Hilfe. Doch seine Schreie gehen unter in der dröhnenden Geräuschkulisse der Stadt. Er muss weg hier, schließt die Augen, dann stürzt er sich auf die Fahrbahn, direkt vor die walzenden Riesenräder eines ... stopp! Filmriss.

«Ich bin schuld, ich!», klage ich mich an, kann die

Tränen nicht mehr zurückhalten. Soll Ren sie doch sehen, ich kann nicht mehr die Starke mimen, kann überhaupt nichts mehr. Ich bin fertig.

Ren steht schweigend vor mir. Nach einer Weile zieht er die Getränkeflasche aus der Halterung seines Fahrrads, streckt sie mir hin. «Durst?»

Ich schüttle den Kopf.

«Tut aber gut. Macht fit!» Einladend wiegt Ren das Getränk.

«Was hast du denn da?»

«Probier!» Wieder hält er mir die Flasche hin.

Ich setze sie an die Lippen, nehme einen kleinen Schluck. Es schmeckt cremig, würzig, irgendwie salzig, zugleich süß. «Gut!» Ich reiche die Flasche an Ren zurück. «Was ist das?»

«Chiya.»

«Was?»

«Chiya. Schwarzer Tee, Milch, Ingwer, ein wenig Zucker und Salz. Und Butter aus Wasserbüffel-Milch.»

«Wasserbüffelmilchbutter ...»

«... kriegt man hier nicht. Darum nur gewöhnliche Butter.»

«Darf ich noch?», frage ich.

«Mach leer!» Ren wirft mir die Flasche zu, ich fang sie auf, mache sie wirklich leer. «Danke!»

Er nickt, lässt sich neben mir auf dem Gehweg nieder, lehnt sich gegen einen Poller. Ratlosigkeit macht sprachlos. In meinem Kopfkino rasen wieder die Schreckensszenen. Womöglich schwebt Schnüffel in Lebensgefahr, genau in diesem Augenblick. Und ich hocke heulend auf diesem Poller rum. Ich bin das Allerletzte!

Rens Kopf lehnt leicht an meinem Oberarm. Wieder tut die Berührung gut. Nur will ich nicht, dass mir jetzt irgendetwas guttut, nicht während Schnüffel in Not ist. Abrupt steh ich auf. Ren auch. «Also was jetzt?», fragt er.

«Mir fällt nichts mehr ein», gebe ich zu, «wir können ja schlecht aufs Fundbüro gehen.»

«Wir könnten zur Polizei, vielleicht wissen die eine Lösung oder so ...»

«Die nehmen uns doch nicht für voll, Ren. Keiner, den wir bis jetzt nach Schnüffel gefragt haben, hat uns für voll genommen.»

«Hm ...» Rens Stirn legt sich in Falten. «Du kennst doch Schnüffel besser als jeder andere ...»

«Ja. Sogar besser als jeden anderen.»

«Das ist gut, Flo.» Ren schnipst mit den Fingern. «Versuche, dich in Schnüffels Lage zu versetzen. Stell dir vor, du wärst zum ersten Mal im Leben in dieser Stadt: Alles ist unheimlich, aufregend, du hast Angst. Aber an deiner Seite hast du auch eine gute Freundin. Sie kennt sich aus, ist hier aufgewachsen, wird dich beschützen.»

«Genau das dachte Schnüffel wirklich. Er hat mir total vertraut. Und ich ...» Ich breche ab, sonst heul ich gleich wieder los.

«Eben, Flo, du sagst es! Schnüffel vertraut dir. Also würdest du an seiner Stelle eines ganz sicher *nicht* tun, nämlich was, Flo?»

Ich denke nach. «Ich würde nicht vom einzigen Menschen weglaufen, dem ich vertraue ...»

«... es sei denn?», bohrt Ren nach.

«Es sei denn ... etwas schockiert mich so sehr, dass ich in Panik gerate und blind drauflos stürme ...»

«Okay», macht Ren weiter. «Du rennst also in Panik weg. Plötzlich bist du ganz alleine in einer total fremden, bedrohlichen Welt. Was machst du? Wie kannst du deine Angst in den Griff kriegen? Wohin läufst du?»

Ich schließe die Augen und versuche, wie ein Wasserbüffel zu fühlen. Als Schnüffel würde ich ... mich nach etwas Vertrautem sehnen. Nach Grün zum Beispiel ... nach Wiese ... nach Stille. Nach Büschen, unter denen ich in Deckung gehen, mich beruhigen kann ... nach einem Tümpel, in dem ich meinen gestressten Körper abkühlen kann … Ich reiße die Augen auf.»

«Ren, ich hab's! Wohin ich als Schnüffel laufen würde? In einen Park! Er sucht einen Park.»

«Klar, er ist in einem Park! Ich kenne zwei hier in der Umgebung.»

«Ich auch. Ein kleiner mit grünem Zaun drum rum und ein größerer mit Teich, die beiden meinst du auch, oder?»

«Genau die. Also los!» Mit leuchtenden Augen packt Ren sein Rad. «Zu welchem Park zuerst?»

Jetzt erst kriegt er verwundert mit, dass ich mich von seiner Begeisterung nicht im Geringsten anstecken lasse. «Ach, Ren! Ich wünschte, Schnüffel hätte einen der Parks gefunden. Aber wie denn? Der kleinere ist locker zwei Kilometer weit von der Schule weg, der größere vielleicht sogar drei. Wie soll Schnüffel dahin finden?»

«Sei doch nicht so negativ. Es ist eine Chance, Flo! Vielleicht irrt Schnüffel wirklich woanders rum, wie ein blindes Huhn, aber …»

Ich packe ihn am Oberarm. «Was hast du da gesagt?»

«Äh …» Ren blickt mich verständnislos an. «Dass … Schnüffel vielleicht woanders rumirrt, wie …»

«… wie ein blindes Huhn. Du hast ‹blind› gesagt, Ren!» Es ist, als hätte mich der Blitz getroffen, der Erkenntnis-Blitz: Der Blinde in der S-Bahn, Erwin … er sieht mit seinen Händen, seinen Ohren, seiner Nase …

Ha! Schnüffel findet den Park mit dem Teich auch blindlings und in Panik. Er setzt all seine anderen Sinne ein, genau wie Erwin. Wer kann besser hören als Schnüffel mit seinen Riesenohren, wer besser riechen als er mit seiner Schnüffel-Nase!

«Ren, jetzt weiß ich es sicher. Schnüffel ist im Park. Und zwar in dem mit dem Teich!»

Ich schwinge mich auf den Gepäckträger, schlage mit der flachen Hand auf den Sattel: «Na los, Ren, nichts wie hin!»

Und er radelt los, als gälte es, die Tour de France zu gewinnen.

Der Park

He, ihr da! Rad fahren verboten!», schreit der Mann mit dem kleinen Lederhut und der verspiegelten Sonnenbrille, als wir an ihm vorbeiflitzen. «Sofort absteigen, Bengel!» Ren erhöht unser Tempo. «Notfall!», schreit er zum Mann zurück.

Ich verrenke mir fast den Hals, versuche, trotz des Tempos den Park lückenlos abzusuchen. Mein Kopf rotiert in alle Richtungen, wie ein zwischen den Schultern angewachsenes Bio-Blaulicht. Meine Augen irrlichtern zu jedem Busch, über jede Blumenrabatte, um jeden Baum, in jeden Seitenweg. Kein Schnüffel! Er muss, er muss einfach hier sein, dieser Park ist meine letzte Hoffnung.

Weit voraus mache ich die Wasserkrone eines Springbrunnens aus, dort muss der Teich sein. Ren hält voll Karacho drauf zu, dass die kleinen Kieselsteine des Parkweges nur so unter den Reifen wegspritzen. Ein netter, karamellbrauner Hund startet ein Wettrennen gegen das

Fahrrad. Begeistert rast er parallel neben uns her, seine riesigen Schlappohren fliegen im Wind wie Segel «Goya! Gooooya, hiiierher!», ruft eine schöne junge Frau. Sie trägt einen ähnlichen Strohhut wie ich. Ein scharfer Pfiff ertönt, schlagartig bremst der Hund ab, macht kehrt, trabt stolz zurück, zu seiner Chefin.

Als wir beim Teich ankommen, sehen wir eine Menschenmenge am Ufer stehen. Die Leute schauen alle zum Wasser. Wir springen vom Rad, drängeln uns zwischen den Gaffern durch. Dort, wo die Fontäne auf die Teichoberfläche zurückfällt, mitten in Millionen von aufspritzenden Wassertropfen, ragt etwas Kleines, schwarz Glänzendes aus dem Wasser. Man könnte es für einen Abflusspfropfen halten oder einen dunklen Gummiball. Wer aber schon in einem Wasserbüffel-Teich gebadet hat, der erkennt das Ding sofort: eine Nase. Schnüffels Nase! Mein Herz setzt für ein paar Schläge aus. Mir wird kurz schwarz vor Augen. Dann überflutet mich ein Ozean von Freude.

Ich packe Ren mit beiden Händen am Arm. «DA!», stoße ich hervor.

«Wo?»

Ich zeige auf Schnüffel «Da! Im quirligen Wasser, wo es weniger quirlt ...»

«Wirklich, da ist er!», schreit Ren, nimmt mich in die Arme und wirbelt mich lachend im Kreis. «Du hast ihn gefunden, Flo, du hast ihn wieder!»

Plötzlich, als ob er sich selbst erschrocken hätte, stellt er mich wieder hin, tritt zwei Schritte zurück, stammelt: «Entschuldige, Flo, ich wollte nicht ... ich hab ... das war ...»

«Das war gut», sage ich nur. Wir schauen uns in die Augen. Bevor das peinlich werden könnte, blicken wir gleichzeitig weg, zum Teich. Wir holen Luft, brüllen im Chor: «Schnüüüüüffel!»

Sofort taucht sein Köpfchen auf, die Augen öffnen sich, die Ohren schlackern sich vom Wasser frei, das Mäulchen öffnet sich, ein herzzerreißendes Röhren steigt aus seiner Kehle zum Himmel hinauf. Mich hält es nicht länger am Ufer. Ohne Rücksicht auf Blumenkleid und alles wate ich quer durch den Teich zu Schnüffel. Das Wasser reicht mir zum Glück nur bis zum Bauch.

Endlich komme ich unter dem herabprasselnden Wasser des Springbrunnens bei Schnüffel an. Ich presse ihn an mich. Fest, ganz fest. Ich würde ihn am liebsten nie wieder loslassen.

«Da bist du ja», flüstere ich in sein Ohr. «Ich bin ja so froh ...»

«Ich bin auch froh», röhrt Schnüffel. «Ich dachte schon, du kommst nie. Und jetzt badest du sogar mit mir, das ist toll!»

Ich staune. Er hält es für ganz selbstverständlich, dass ich ihn gefunden habe. Auch alle Ängste und Nöte, die er überstanden haben muss, scheinen bereits total ver-

gessen. Als ob nie was passiert wäre, tollt er fröhlich im Wasser um mich herum und freut sich ’nen Ast.

«Schnüffel!», ermahne ich ihn. «Ich hab mir wirklich schreckliche Sorgen gemacht ...»

«Ich mir auch!», bestätigt er gutgelaunt.

«Ich habe mir die schlimmsten Katastrophen vorgestellt ...»

«Genau wie ich», grinst er.

«Ich hatte Angst um dein Leben, Schnüffel!»

«Ebenfalls!», lacht er. «Aber wie du siehst: Ich lebe! Ich bin stark wie Gandhi!»

«Schnüffel, jetzt bleib stehen! Das ist eine ernste Sache, wir müssen reden!»

Er stellt sich artig vor mich hin, schaut mich erwartungsvoll an. Und ich? Sehe mich plötzlich mit seinen Augen. Wie ich hier nass bis auf die Knochen unter dem Wasserfall der Fontäne stehe. Geschützt nur von einem aufweichenden Strohhut. Bis zum Bauch in einem öffentlichen Teich, mitten in der Großstadt, umringt von gaffenden Menschen. Wie ich empört auf diesen jungen Wasserbüffel einrede, als wäre ich Mademoiselle de la Pêche. Obwohl der Büffel sich davon überhaupt nicht beeindrucken lässt, sondern sich einfach darüber freut, dass er noch lebt.

Schnüffel starrt in mein Gesicht. Er legt den Kopf schräg. Erst auf eine Seite, dann auf die andere. «Was ist jetzt? Wann fängst du an mit deiner ‹Wir müssen reden›-Rede?»

Ich kann nicht anders, ich muss lachen: «Keine Rede, Schnüffel. Lass uns an Land gehen, du treuloses Ungetüm!»

Als wir zum Ufer kommen, applaudieren die Menschen. Andere machen mehr oder weniger kluge Bemerkungen. Fast alle fragen uns, was das denn für ein Hund ist. Einer will wissen, aus welchem Zirkus wir kommen und ob's noch Karten gibt.

Ich versuche, allen zu antworten, während Ren Schnüffel so heftig abknuddelt, dass er selbst ganz nass wird.

Die Zuschauer beginnen sich langsam zu zerstreuen. Dafür ist der Mann mit dem Lederhütchen hinzugekommen. «Rad fahren verboten, baden verboten, freilaufende Hunde verboten, Haustiere im Teich verboten! Aber das gilt wohl nur für die andern, was? Weil euch ja die Sonne aus dem Hintern scheint, oder?», schimpft er.

«Aber es ging um Leben und Tod», will Ren ihn beruhigen, «Schnüffel ist durchgebrannt, und wir mussten ihn retten ...»

«Papperlapapp. Hier gelten Gesetz und Ordnung! Larifari gibt's da, wo du herkommst. Nun nehmt endlich diesen Köter an die Leine!»

«Das ist ein Wasserbüffel», stelle ich einmal mehr fest. «Und ich habe keine Leine, weil ...»

«Aber natürlich hast du die Leine dabei, schau!», sagt eine Frauenstimme. Eine gelbe Hundeleine baumelt vor meiner Nase. Sie hängt an einer Frauenhand. Die Schöne mit dem karamellbraunen Hund! Sie lächelt unter ihrem Strohhut hervor. Ihr Hund wedelt wie verrückt, während er begeistert an Schnüffel schnüffelt und sich von Schnüffel beschnüffeln lässt.

«Nimm sie nur», sagt die junge Frau und reicht mir die Leine.

«Aber wie soll ich sie Ihnen zurückgeben, ich ...»

«Man sieht sich immer zweimal im Leben. Im Moment brauch ich sie nicht.»

«Wenn das so ist, danke!» Ich lege die Leine locker um Schnüffels Hals.

«Na, geht doch!», kommentiert der Lederhut-Mann.

«Ich bin Fanny», stellt sich die Frau vor. «Hat mich gefreut, euch zu helfen.»

«Ich bin Flo. Das ist Ren und das Schnüffel.»

«Na denn, guten Heimweg euch dreien. Bis bald!» Die junge Frau tippt zum Abschied an die Krempe ihres Strohhutes.

«He, Lady!», ruft der Lederhut ihr nach, und seine Spiegelbrille blitzt in der Sonne. «Hund an die Leine!»

Fanny kommt zurück und bleibt direkt vor ihm stehen. «Ihnen ist wohl langweilig? Sehen Sie nicht, dass der Hund bereits an der Leine ist?»

«Äh ... nö.» Der Lederhut ist verdattert.

«Doch, doch! Wissen Sie, das ist eine unsichtbare Leine. Ich zeig's Ihnen!» Sie schnippt mit dem Finger, und sofort trennt sich ihr Hund von Schnüffel und steht neben ihr. Sie geht ein paar Schritte, macht plötzlich eine zackige Drehung, geht weiter, wendet sich abermals um, rennt ein Stück, ändert wieder die Richtung, bleibt unvermittelt vor uns stehen. Die ganze Zeit hat ihr Hund jede Bewegung mitgemacht, als ob er wirklich angeleint wäre. Fanny lacht uns zu, winkt und macht sich wieder auf den Weg, ihre Goya an der unsichtbaren Leine exakt neben sich.

«Lady, warten Sie mal.» Der Lederhut hastet der Schönen hinterher. «Diese unsichtbaren Leinen, wo kauf ich die denn ...?»

«Starkes Team, diese Fanny und ihre Goya!», sagt Ren bewundernd.

«Allerdings», bestätige ich, «das üben wir auch, Schnüffel, was?»

«Brauchen wir nicht», behauptet er keck, «kann ich schon!»

«Das will ich sehen!» Ich schnipse mit dem Finger. Schnüffel spielt mit. Sofort geht er an meiner Seite in Position. Ren staunt mit offenem Mund.

«Das war schon mal nicht schlecht!», raune ich Schnüffel zu.

«Sag ich doch», gibt er zurück, «aber die Leine ist leider ziemlich sichtbar!»

«Stimmt», gebe ich zu, «aber wenn ich sie dir jetzt abnehme, dann ...»

«... dann ist da immer noch die unsichtbare Leine», argumentiert Schnüffel listig. «Komm schon, Flo, ich will auch ein Super-Team sein!»

Ren zu beindrucken würde mir schon gefallen. Soll ich es wirklich riskieren?

Ich streife die Leine von Schnüffels Hals. Und jetzt legen wir beide einen Parcours hin, der dem von Fanny und Goya in nichts nachsteht. Schnüffel weicht keinen Zentimeter von meiner Seite, so zackig ich auch die Richtung wechsle oder das Tempo verändere. Schließlich kommen wir genau nebeneinander vor Ren zum Stehen. Erst jetzt klappt er seinen vor Staunen offenen Mund wieder zu. «Das ist ja ... ihr zwei seid sogar ein *super* starkes Team!» Er applaudiert heftig. Ich zwinkere Schnüffel zu, der vor Stolz beinah platzt. Mission «unsichtbare Leine» erfüllt!

Ren und ich sitzen nebeneinander auf dem Rasen des Parks. Wir beratschlagen, wie es nun weitergehen soll, während Schnüffel neben uns in aller Ruhe süße Grashalme zupft.

«Total bescheuert von mir, ein Wasserbüffel-Baby in die Stadt mitzunehmen», fange ich an.

«Wir lassen das mal so stehen», meint Ren diplomatisch.

«Schnüffel hält die Stadt einfach nicht aus.»

«Darum ist er ja in den Park gerannt.»

«Aber hier kann er ja nicht ewig bleiben, auch wenn's ihm noch so gut gefällt.»

«Also, wohin dann mit ihm? Das ist die Frage», bringt Ren das Problem auf den Punkt.

«Zu Tante Marie-Claire kann ich ihn nicht bringen», sage ich. «Auch wenn ich das eigentlich so vorhatte. Aber wenn die Schnüffel in ihrer Wohnung sieht, gibt es wieder Stress, und Schnüffel läuft weg. Meine Tante ist nämlich allergisch gegen Haustiere. Und wenn sie auch noch erfährt, dass ich wegen Schnüffel nicht in der Schule war, dann ... gibt es noch mehr Ärger.»

«Zu mir können wir Schnüffel auch nicht bringen», sagt Ren. «Meine Mutter liebt zwar Wasserbüffel, aber bei uns herrscht im ganzen Wohnhaus Tierverbot.»

Ich überlege fieberhaft. Aber mir fällt nicht ein, wie wir aus diesem Schlamassel je wieder rauskommen sollen.

«Was ist denn mit deinem Opa vom Land?», fragt Ren. «Könnte der Schnüffel nicht abholen?»

«Opaludwig? In sein Auto passt Schnüffel nicht rein. Da müsste er schon Bauer Werner bitten, mit dem Jeep und dem Viehhänger anzurücken.»

«Bingo», ruft Ren, «das funktioniert doch, oder? Ruf deinen Opa an und erkläre ihm alles.» Ren zieht sein Handy aus der Hochwasserhose und legt es mir auf den Bauch. Ich wische es ins Gras wie ein Stück glühendes Eisen.

«Nein!» Mein Oberkörper schnellt hoch. «Du verstehst das nicht! Der Super-Ärger mit Opaludwig, dazu der Super-Super-Ärger mit Bauer Werner, das ergibt zusammen einen Mega-Hyper-Ärger, den ich nicht überlebe! Und den soll ich freiwillig hierhertelefonieren?»

«Der Mega-Hyper-Ärger ist bereits da!»

Das sagte leider nicht Ren. Das sagt eine Stimme hinter uns, die mir bestens bekannt ist. Während der ganzen Sommerferien hab ich sie tagtäglich gehört ...

Mein Rücken überzieht sich mit Gänsehaut. Sehr, sehr langsam drehe ich mich nach hinten ...

Da sind sie. Acht an der Zahl!

Der größte Ärger meines Lebens

Ganz vorn steht Opaludwig.

«Ja, das haut doch dem Schreiner die Zacken aus der Säge!», stößt er zwischen den Zähnen hervor.

Links neben ihm knurrt Bauer Werner:

«Mega-Hyper-Ärger? Viel zu schwach! Was dir blüht, Flo, ist der größte Ärger deines Lebens.»

Schräg hinter Bauer Werner seufzt Lotte: «Ach Werner … ach Kind!»

Neben Lotte räuspert sich ein Mann in Polizei-Uniform. «Bist du Florentine?»

Seine Begleiterin, ebenfalls in Polizei-Uniform, wendet sich an Ren: «Bist du Schanti?»

Von rechts neben Opaludwig meldet sich Tante Marie-Claire: «Ja, das ist meine Florentine, Herr Wachtmeister. Aber ich verstehe wirklich überhaupt nicht, wie sie …»

Sie wird unterbrochen von der Frau neben ihr, Mademoiselle de la Pêche: «*Pourquoi pas*? Das ist nicht schwer zu verste'en! Das ist Meuterei, *n'est-ce pas*?»

Neben dem blassen Pfirsich schaut eine fremde Frau mit schöner brauner Haut traurig zu Ren herüber. «Ach, mein Sohn. Warum nur?»

Dann schweigen alle und starren stumm zu Ren und mir herunter. Meine Hände kribbeln. Kalter Schweiß auf der Haut. Als ob er nicht zu mir gehören würde, kämpft sich mein Körper in Zeitlupen-Bewegungen hoch ins Stehen. Sirren in meinem Kopf. Der Park, der Himmel, der Rasen, alles verblasst zu grauem Nichts. Nur die Erwachsenen vor mir, die brennen sich klar und scharf in die Netzhaut ein. Sinnlose Satzteile tropfen aus meinem Mund wie Kleister: «Was ... warum seid ... woher ... wie habt ihr ...»

Keiner rührt sich. Immer noch nicht. Nur Schnüffel erkennt Opaludwig, Bauer Werner und Lotte. Er wuselt aufgeregt zwischen ihren Beinen herum. Dann zieht er seine übliche Show ab: wegspurten, im weiten Bogen zurücksprinten, im Kreis um die Gruppe herumrasen, schließlich vor mir und Ren zum Stehen kommen.

«Sie sind alle da, Flo!», röhrt er begeistert. «Deine ganze Herde! Sie ist sogar größer, als ich dachte, ist das nicht wunderbar?»

Schnüffels Freude bricht den Bann des Schweigens. Plötzlich will jeder gleichzeitig loswerden, was loszuwerden ist. Ich schreibe dir das Durcheinander wieder wie ein Theater-Stück auf.

Opaludwig

«Es kam mir gleich seltsam vor, dass ausgerechnet heute mein Wecker … Aber bei deiner Nachricht auf dem Küchentisch war ich erst mal beruhigt. Hab Flo sogar noch bewundert, für ihre Selbständigkeit. Aber als ich Schnüffel-Büffels Tränkflaschen nirgends fand, da schwante mir was.»

Bauer Werner

«Er hat mich angerufen, ob ich Schnüffel gesehen hätte. Ich nix wie hin auf die Weide. Kein Schnüffel da! Weder auf der Wiese noch im Wäldchen, im Unterstand oder beim Büffel-Bad!»

Tante Marie-Claire

«Die beiden haben bei mir angerufen und gefragt, ob du mit einem Wasserbüffel bei mir wärst. Ich bin aus allen Wolken gefallen, ich dachte, du bist in der Schule!»

Die Pfirsich

«Als Madame Marie-Claire mich anrief und wissen wollte, wo du bist, 'atte ich schon erfahren, da war gar kein Vortrag geplant mit eine Wasserbüffell! Und eure Klassenkameraden sagten, ihr beide 'abt den Schul'of verlassen und niemand wusste wo'in!»

Polizist

«Die Frau Professor hat eine Vermissten-Meldung gemacht: zwei Schüler mit einem Jungtier der Gattung Wasserbüffel abgängig.»

Polizistin

«Bei uns sind schon davor mehrere Meldungen eingegangen: ein großer Hund, der den Verkehr gefährdet, ein Wildschwein, das Fußgänger über den Haufen rennt, sowie ein röhrender Hirsch hier im Einkaufszentrum.»

Polizist

«Da haben wir natürlich zwei und zwei zusammengezählt.»

Die Pfirsich

«Ich 'abe deine Tante informiert, dass ihr jetzt gesucht werdet von der Polizei! Und auch deine *Maman*, junger Mann!»

Die Fremde

«Die Polizei, Schanti! Kannst du dir vorstellen, welche Sorgen ich mir gemacht habe?»

Opaludwig

«Da waren Werner, Lotte und ich schon längst unterwegs in die Stadt …»

Bauer Werner

«Uns war klar, du hast den Büffel mit in die Schule genommen, du verrücktes Huhn. Also hab ich den Viehhänger an den Jeep rangemacht …»

Lotte

«Mein Gott, Werner, was hast du dabei geflucht …»

Bauer Werner (*zu Lotte*)

«Wie soll da einer nicht ausrasten? Ein junger Wasserbüffel in der Stadt! Mit einem Kind! Was da alles passieren kann! Ich wollte mir das nicht ausmalen, und wenn ich fluche, male ich mir nichts aus, weil, da fluch ich!»

Opaludwig

«Jedenfalls sind wir dann mit Werners Jeep und dem Viehhänger wie die Feuerwehr in die Stadt gebrettert ... (*blickt zur Polizistin*) Äh ... natürlich unter Einhaltung aller Tempo-Limits ...»

Polizistin (*zu Opaludwig*)

«Klar!»

Opaludwig

«... also, äh ... wir rasten vorschriftsmäßig in die Stadt, als Marie-Claire mir per Handy sagte, ihr wärt also hier, äh ... in diesem Park.»

Die Pfirsich

«Ich 'abe deine Tante sofort angerufen, nachdem die Polizei 'at mir verraten, dass ihr seid 'ier.»

Polizist

«Den Aufenthaltsort der abgängigen Schüler sowie des ebenfalls flüchtigen Tieres konnten wir der Frau Professor nennen, weil Zeugen uns von einem behaarten Seelöwen im Springbrunnenteich berichtet hatten. Auch von einem Riesenschnauzer, einem Reh und einem Außerirdischen, ebenfalls im Teich. Sowie einem badenden Mädchen mit Strohhut. Da haben wir natürlich zwei und zwei zusammengezählt ...»

Polizistin (*zum Kollegen*)

«Vier.»

Polizist (*irritiert*)

«Wie?»

Polizistin

«Zwei und zwei ist vier!»

Polizist (*konfus*)

«Äh … danke, Frau Kollegin.»

Lotte (*nach einer kurzen Stille*)

«Zum Glück haben wir Navi! So haben wir gleich hergefunden. Nur das Parken beim Park mit dem großen Anhänger, also das … wir mussten uns ziemlich kriminell da drüben auf den Gehwe …»

Bauer Werner (*zu Lotte*)

«Pscht!» (*schaut verlegen zum Polizisten*)

Polizist

«Wir haben Ihr Fahrzeug bereits wahrgenommen. Ich

muss Sie bitten, den Gehweg innerhalb der nächsten 15 Minuten frei zu machen, danach wird kostenpflichtig abgeschleppt.»

Polizistin

«Also, Herrschaften, wenn wir nun feststellen können, dass es sich bei diesen Personen (*zeigt auf Ren und mich*) um die abgängige Schülerin Florentine sowie den ebenfalls abgängigen Schüler Schanti handelt ...»

Alle Erwachsenen nicken.

Polizistin

«Und wenn ich jetzt noch den Besitzer dieses Wasserbüffels bitten dürfte, sich zu erkennen zu geben?»

Bauer Werner

«Ich!»

Lotte

«Aber Werner, du doch nicht ... sie!» (*zeigt auf mich*)

Bauer Werner

«Schon klar, Lotte, aber ich bin der Verantwortliche ...»

Polizist

«Was Sie nötigenfalls nachweisen könnten?»

Bauer Werner

«Könnte ich!»

Polizist

«Dann wollen wir den Fall als geklärt zu den Akten legen. Sie sind aufgefordert, das Tier aus dem Park zu entfernen und danach ...»

Polizistin

«…wäre das geregelt. Schönen Tag noch.» (*wendet sich ab, geht*)

Polizist (*ihr nach, beide verschwinden schließlich hinter eine Hecke*)

Schnüffel (*fröhlich*)

«Und? Fahren wir jetzt nach Hause?» (*schaut freudig, mit erwartungsvollen Augen, in die Runde*)

Auf der Weide

Hättest du mir heute Morgen, als ich mit Schnüffel hier von der Weide aufgebrochen bin, gesagt, dass wir beide schon am späteren Nachmittag wieder hier sein würden, ich hätte dir wahrscheinlich einen Vogel gezeigt. Hättest du mir dann später vor der Schule, als Ren plötzlich vor uns aufgetaucht ist, gesagt, ich würde in wenigen Stunden *mit ihm* hier bei der Wasserbüffel-Herde stehen, ich hätte dir *ganz sicher* einen Vogel gezeigt. Und vorhin im Park, als all die Erwachsenen uns gefunden hatten, hättest du dann gesagt: «Mach dir keine Sorgen, Flo, alles wird gut!», dann hätte ich dir keinen Vogel gezeigt, sondern gleich das Irrenhaus angerufen, damit sie dich abholen kommen.

Dabei hättest du jedes Mal recht gehabt. Unglaublich!

Schon als die Polizisten den Park verlassen haben, wurde mir leichter: Wenigstens drohten mir weder Heim noch Jugendknast. Als Bauer Werner dann zum sofortigen Aufbruch drängte – «Los, los, wir haben polizeilich nur noch 13 Minuten!» –, war ich dankbar, ihm beim Einladen von Schnüffel helfen zu dürfen. Dadurch war die Diskussion über meine Büffel-Entführung fürs Erste verschoben. Als ich Schnüffel an der «unsichtbaren Leine» über die runtergelassene Rampe in den Anhänger führte, brummelte Bauer Werner sogar anerkennend: «Na, wenigstens hast du ihn jetzt im Griff, deinen Stier.»

Während wir mit Verladen beschäftigt waren, gelang es Tante Marie-Claire mit ihrem perfekten Französisch bei Mademoiselle de la Pêche so sehr zu punkten, dass sich die Pfirsich der Meinung meiner Tante anschloss. Nämlich, dass es sinnlos wäre, Ren und mich jetzt noch für die paar Nachmittagsstunden in die Klasse zurückzuholen. Als sie sich von uns verabschiedete, sagte meine Tante:

«Ich muss in dieselbe Richtung wie Sie, liebe Mademoiselle de la Pêche, da könnten wir doch gemeinsam ...»

«*Mais avec plaisir!*», lächelte die Pfirsich. Die beiden hakten sich unter und verschwanden wie die besten Freundinnen über den Rasen.

Als Schnüffel glücklich verladen war, standen Ren und seine Mutter etwas verloren neben dem Hänger. Ich ging auf ihn zu.

«Also, dann …», sagte er und streckte mir die Hand hin. Ich konnte aber nicht einschlagen. Es war voll daneben, jetzt einfach «tschüs, Ren» zu sagen. Nach allem, was er für mich getan und mit mir überstanden hat. Ich konnte ihn jetzt nicht links liegenlassen, als ob nichts geschehen wäre. Zwischen uns.

«Willst du mir nicht helfen, Schnüffel zurück in die Herde zu bringen? Du müsstest allerdings mitfahren …»

Ren strahlte. «Ich würde ja gern, Flo …» Er legte einen Arm um seine Mutter. «Aber ich kann nicht mit, fürchte ich. Ich bin meiner Mutter wohl noch einige Erklärungen schuldig.»

«Äh … wenn ich», mischte sich Opaludwig ein, «also, wenn ich da einen Vorschlag machen dürfte …» Alle blickten ihn an. «Also, ist ja nur so ’n Vorschlag von mir, ja? … äh …»

«Mach hin, Ludwig, ich muss hier weg!» Ungeduldig trommelte Werner auf seinem dicken Bauch mit den Fingern.

«Ist ja gut, Werner», beruhigte ihn Opaludwig. «Also …» Er wandte sich an Rens Mutter: «Ihr Sohn hat Ihnen wahrscheinlich einiges zu erklären. Und ich fürchte, unsere Flo hat uns, meinem Freund Werner, seiner Lotte und mir noch einiges mehr zu erklären. Und da meine ich, wenn schon die zwei uns vieren alles erklären müssen, dann ... dann muss man ja nur zwei und zwei zusammenzählen ... also: Kommen Sie doch einfach mit ... dann kann alles in einem Aufwasch erklärt werden. Mir wäre es eine Ehre, Sie als Gast in meinem Haus begrüßen zu dürfen ...»

Da schenkte ihm Rens Mutter ein strahlendes Lächeln. «Das ist überaus freundlich von Ihnen, Herr ...»

«Ludwig, ich bin äh ... Ludwig», sagte Opaludwig und deutete eine Verbeugung an.

«Annemee», stellte sich Rens Mutter vor.

«Angenehm, Annemee ... äh, täusche ich mich oder ist das ein tibetischer Name?»

«Nepalesisch, ich bin Nepalesin.»

«Das trifft sich ja gut! Endlich jemand, der meinen Chiya zu schätzen weiß ...»

«Du kennst Chiya, Ludwig?», fragte Annemee erfreut.

«Ich mache nicht den schlechtesten, würde ich behaupten. Ich denke, ich könnte zum Verfeinern sogar ein wenig Wasserbüffel-Butter auftreiben.»

«Du machst es mir wirklich schwer, nein zu sagen ...», sagte Rens Mutter.

«Dann sag doch einfach ja, Mama!», lachte Ren sie an. Sie blickte zwischen ihm und Opaludwig hin und her.

«Also ja. Sehr gerne.»

«Na, das ist endlich mal 'n Wort!», rief Bauer Werner erleichtert aus. «Abfahrt! Alle Mann an Bord!»

«Und was ist mit alle Fraun?», fragte Lotte gespielt empört.

«Ist ja gut, Lotte! Rein jetzt mit euch!»

Schnell stellte sich jedoch heraus, für uns sechs Menschen gab's in Werners Jeep einen Platz zu wenig. Annemee wollte schon wieder abspringen und doch hierbleiben, was heftigsten Protest bei Opaludwig auslöste. «Kommt nicht in Frage! Wir schmeißen die Kinder nach hinten in den Hänger, zu ihrem Ausreißer-Kumpan.»

«Das ist so was von verboten, Ludwig», widersprach Bauer Werner, «das kann richtig Ärger geben ...»

Jetzt wurde Opaludwig wild, wie ich ihn gar nicht kenne. «Ärger?», schrie er mit funkensprühenden Augen. «Ärger gibt es, wenn du meinen Gast hierlässt, mein

Bester. Und zwar mächtigen Ärger, nämlich mit mir!» Nach diesem Ausbruch fasste er Annemee bei der Hand, führte sie zum Wagen wie ein Lord seine Lady, komplimentierte sie auf die Rückbank, schloss liebevoll die Autotür, stieg auf der anderen Seite ein, knallte seine Tür mit Schmackes zu. Dann zwinkerte er lächelnd zu seiner Sitznachbarin.

Bauer Werner warf empört die Hände in die Luft, marschierte zur Heckklappe des Hängers, winkte Ren und mich ran. «Hier rein. Ausnahmsweise, weil dein Opa, der alte Hippie, sonst Amok läuft. Zu niemandem ein Wort, ja?»

«Das Rad!», rief Ren. «Ich hab das Rad vergessen.»

«Dann hol's!», kommandierte Bauer Werner. «Das werfen wir auch verbotenerweise hinten rein, ist auch schon egal. Machen wir endlich die Fliege!»

Exakt nach Ablauf der polizeilichen Frist von 15 Minuten rumpelten wir los. Schnüffel, Ren und ich lagen gemütlich auf einer dicken Lage Stroh im Viehhänger. Ich fühlte mich ziemlich abgekämpft und müde, aber trotzdem irgendwie gut. Kennst du das? Ich glaube, so fühlen sich Helden nach ihren vollbrachten Heldentaten. Obwohl ich keine Heldin bin, sondern einfach nur Flo.

Außerdem war da noch ein anderes Gefühl, das ich bisher noch nicht kannte. Es ist wunderschön. Und es ist mir bis hierher auf die Büffelweide gefolgt. Das Gefühl, dass ich nicht nur die einzelne Flo bin, sondern zugleich ein «Wir» mit Schnüffel und Ren. Teil einer Bande. Einer Herde, würde Schnüffel sagen.

Eine Weile lang lagen wir nur im Hänger und beobachteten den Lichtfleck, den die Sonne durch die Fensterluke über uns auf die Wand zeichnete. Er wanderte vor und zurück, je nachdem, wie sich unsere Fahrtrichtung änderte. Wir genossen still den warmen Duft des Strohs und lauschten dem Gerumpel unseres Gefährts. Die Außenwelt, durch die wir gezogen wurden, schien uns weit weg hinter den Aluminium-Wänden des Viehhängers. Hier drinnen, bei uns, war Geborgenheit, Sicherheit. Das «Wir».

Und natürlich erzählte Schnüffel Ren und mir ausführlich von seinem Abenteuer in der Stadt. Das heißt

eher mir, und ich übersetzte für Ren. So erfuhren wir den Grund für Schnüffels Panik: Christine hat ihn gestreichelt, an ihren Fingern gerochen und «igitt» gesagt. Und dann hat sie doch wirklich ihr Parfüm-Fläschchen gezückt und den armen Schnüffel damit voll eingesprüht. Schnüffel wusste plötzlich nicht mehr, wer er war: Sein Herdengeruch war weg! Für ihn der blanke Horror. In seiner Verwirrung rannte er blindlings drauflos und merkte: Solange er rennt, hat er frischen Wind um die Nase, er kann dem eigenen Parfüm-Gestank davonlaufen. Aber das geht natürlich nicht stundenlang, und so war er sehr froh, als er, schon ziemlich erschöpft, plötzlich den Park und den Teich witterte. So lief er buchstäblich immer der Nase nach schnurstracks unter die Fontäne und duschte ausgiebig, bis wir schließlich bei ihm waren.

Herden

Schnüffel genießt es, mit dem Rest vom Kindergarten im Teich zu planschen.

Gleich nach unserer Ankunft, die von der Büffelherde mit großem Interesse beobachtet wurde, tollte Schnüffel wie verrückt in der Herde herum, flitzte zu Gandhi, begrüßte Kunga, neckte die anderen Kälber und führte sich überhaupt auf, als wäre er von einer Weltreise zurückgekehrt. Opaludwig stiefelte mit Bauer Werner gleich los, um Tränkflaschen für Schnüffel zu holen. Jetzt erst fiel mir ein, dass meine Schultasche und mein Rucksack samt Schnüffels Tränkflaschen noch vor der Schule lagen. Lotte rief gleich Tante Marie-Claire an, die gleich ihre neue Freundin Pfirsich anrief. Die berichtete dann, die Sachen wären von den anderen eingesammelt und mit ins Klassenzimmer gebracht worden, wo sie auf mich warten würden.

Ich war ziemlich erleichtert deswegen. Mein Rucksack und meine geliebte Schultasche waren in Sicherheit! Mich verblüfft bloß, dass die Tussen und Schnösel aus meiner Klasse sie nicht geklaut oder versteckt haben.

Hätte ich denen nicht zugetraut. Vielleicht sind die gar nicht nur gemein? Hm …

Rens Mutter war wie verzaubert von den schönen Büffeln, die da plötzlich um sie rum standen und sie neugierig mit den Nasen anstupsten. Sie streichelte einen nach dem anderen und sprach die ganze Zeit auf Nepali mit ihnen. Als Jaron, der Schmuser, sich Annemee vor die Füße warf und ihr seinen Bauch zum Streicheln präsentierte, da wurden ihre Augen vor Freude ganz feucht.

Opaludwig kam mit den gefüllten Tränkflaschen anmarschiert, drückte Annemee eine in die Hand und fragte: «Magst du Schnüffel füttern?»

Und wie sie mochte! Sie gluckste, lachte und sang,

während Schnüffel gierig sein Abendessen in sich reinsaugte. Die ganze Zeit betrachtete Opaludwig Annemee versonnen. Um seinen Mund breitete sich ein verzücktes Lächeln aus. Als wäre er mitten im Sommer dem Christkind begegnet.

Schließlich nahm er die leeren Flaschen wieder in Empfang.

«Chiya?», fragte er.

Sie lächelte Opaludwig an und nickte: «Chiya!»

Zu mir sagte sie: «Ich bin froh, dass mein Schanti dich kennengelernt hat. Dass ihr Freunde seid.» Opaludwig zwinkerte mir kurz zu, dann führte er Annemee durch das Wäldchen zum Weidetor.

Nun sitzen Ren und ich also als letzte Menschen nebeneinander am Rand des Büffelbades und beobachten Schnüffels Glück im Kindergarten.

«Schön hat er's hier!», sagt Ren. «Schön *ist* es hier.»

«Ja, ich liebe es auch.»

«Die anderen müssen weit wegfliegen, um an einem schönen Ort zu sein. Aber du fährst einfach mit der S-Bahn zu Ludwig, schon bist du da.»

«Wo bist du denn in den Ferien gewesen?», frage ich.

Schanti zögert mit der Antwort. «Wir sind in der Stadt geblieben ... meine Mutter verdient nicht viel Geld.»

«Und dein Vater?»

«Ist tot.» Ren schweigt. Ich warte.

«In meiner Heimat war Bürgerkrieg», erklärt er, «und da haben sie ihn … da starb er.»

Ich lege meine Hand auf Rens Rücken.

«Und deine Eltern?», fragt er.

«Ich weiß nicht, wer mein Papa ist. Meine Mama ist weg, irgendwo in Indien.»

Ren schweigt einen Augenblick.

«Deine Tante, die ist in Ordnung, oder?», fragt er dann.

«Sie ist manchmal leicht verpeilt, aber … ja, sie ist okay.»

«Meine Mama auch. Sehr okay.» Wir nicken beide. Sitzen stumm nebeneinander. Mit Ren funktioniert das prima. Einfach dasitzen, ohne zu reden. Das geht sonst mit keinem.

«Flo?», fragt er nach einer langen Weile.

«Hm?»

«Nimmst du mich wieder mal mit hierher?»

Ich strahle. «So oft du willst, Ren. Du passt hier gut hin.»

«Meinst du, dass meine Mutter vielleicht auch mal mitkommen kann? Du hast ja gesehen, die Wasserbüffel … sie erinnern sie an die Heimat. Ihr Vater hatte auch eine Wasserbüffel-Herde.»

«Klar, Annemee soll mitkommen! Ich glaube, Opaludwig wird sie sogar sehr darum bitten.» Ich muss kichern, und Ren lässt sich von mir anstecken.

«Ich will gar nicht kichern», kichert er, «der ist nämlich voll in Ordnung, dein Opa.»

Ich nicke wieder vor mich hin. Da höre ich Ren mit ernster Stimme sagen: «Flo … du bist auch voll in Ordnung.»

«Du auch, Ren.»

Lange Stille. Ich genieße das «Wir». Es ist jetzt ganz stark und fühlt sich warm an in meinem Bauch.

«Flo?», quäkt Schnüffel aus dem Wasser.

«Hm, Schnüffel?»

«Ihr seid eine Herde geworden, Ren und du.»

«Ich weiß, Schnüffel.»

«Was hat er gesagt?», fragt Ren.

«Ach nichts ... Nichts ...»

«Nicht kneifen, raus damit!»

Ich zögere ein bisschen. Aber dann schaue ich ihm ins Gesicht und ... sage es ihm: «Schnüffel meint, wir seien eine Herde geworden, du und ich.»

Ren weicht meinem Blick nicht aus. «Und du hast geantwortet: ‹Ich weiß.›»

«Ja.»

Er lächelt. «Ich weiß es auch.»

So, nun hat er's geschafft, jetzt bin ich doch verlegen. Mist. Ich springe auf und befehle: «Hoch mit dir, Ren! Wir müssen zu den Erwachsenen. Die Große Erklär-Sitzung erwartet uns.»

«Als Herde werden wir's wohl irgendwie überleben», lacht er und springt auf.

«Wann willst du Feigling deiner Mutter eigentlich erklären, dass du nicht mehr Schanti heißt, sondern Ren?», necke ich.

«Jetzt gleich!», versetzt Ren. «Seit sie dich kennengelernt hat, ist das ganz leicht zu erklären, Frau Flo-REN-tine.»

«Und wann sagst du's der Klasse?»

«Nach und nach. Wir beide», Ren zeigt auf mich und auf sich, «wir sind die Ur-Herde. Gemeinsam werden wir sie einen nach dem andern bei uns aufnehmen. Bis sie dazugehören. Und wir zu ihnen.»

«Lang lebe die Herde!», rufe ich.

Und Ren stimmt ein: «Lang lebe die Herde!»

Wir klatschen uns gegenseitig ab und jubeln. Dann machen wir uns guten Mutes auf den Weg.

Als wir das Wäldchen erreicht haben, hören wir schon Schnüffels Stimme. Laut röhrt es hinter uns:

«Lang – lebe – die Herde!»

Max Moor ist Schauspieler, Moderator und Schriftsteller. Seit 2003 betreibt er gemeinsam mit seiner Frau Sonja ökologische Landwirtschaft und züchtet auf seinem Bauernhof unter anderem Wasserbüffel und Galloway-Rinder. «Flo und der Schnüffel-Büffel» ist sein erstes Kinderbuch.

Julia Ginsbach ist Illustratorin und Musikerin. Sie lebt mit ihrer Familie, Hund, Katze und Pferd auf einem alten Pfarrhof in Mecklenburg. In ihrem Dorf setzt sie sich aktiv für den dortigen Kälberhort ein, der schwachen Kälbchen eine Überlebenschance gibt.

Weitere Titel von Max Moor

Als Max noch Dietr war

ganz & einfach: tempofrei kochen
(mit Sabine Schneider)

Lieber einmal mehr als mehrmals weniger

Was wir nicht haben, brauchen Sie nicht

Max Moor bei rotfuchs

Flo und der Schnüffel-Büffel

MIX
Papier aus verantwortungsvollen Quellen
FSC® C083411

Das für dieses Buch verwendete Papier ist FSC®-zertifiziert.